滄海叢刊

余忠雄的春天

鍾鐵民著

1980

東大圖書公司印行

中華民國六十九年十月初版

余忠雄的春天

基本定價叁元貳角貳分

著作者 鍾鐵民
發行人 莊剛彰
出版者 東大圖書有限公司
總經銷 三民書局股份有限公司
印刷所 東大圖書有限公司
臺北市重慶南路一段六十一號二樓
郵政劃撥一〇七一七五號

行政院新聞局登記證局版臺業字第〇一九七號

余忠雄的春天 目次

烏蜂

食堂裏客人不算多，除了三兩個各據一張桌子的顧客外，就是堂兄他們那一桌四個人顯得最熱鬧。我進去的時候，老闆娘笑着臉迎上來，看我筆直朝堂兄那一桌走去，知道我是同一夥的人後，回頭吩咐了一聲「碗筷」就走開了。

「剛剛開動，快來！」

堂兄阿吉朝我招了招手，他移動了一下屁股給我留出了個空位。

「嫂嫂叫我來這裏找你。」我說。

「我知道，我要你來幫幫忙。」

其他三個男人從我進來後就停下了話頭，仰着臉都在靜靜望着我微笑。堂兄由左邊隨便指了過去給我介紹。

「順發哥兄弟，阿財哥。」他說：「我弟弟阿明。」

「隨便請！」右邊的那個叫阿財的首先開口，食堂的夥計送上酒杯和碗筷，他很快就接過去替我斟滿了一杯，是紅標米酒。

對這個阿財哥，我一見面就注意到他了，我總覺得他觸動了我記憶中的某一根弦，很使我覺得面熟心動，可是我却記不起究竟什麼時候什麼地方見過他，不過，從我一見他就產生的不愉快的情緒上推想，我們可能不是在很好的場面見面的，他似是留給了我極惡劣的印象。

「來來！請。」他端起杯子照了照面，仰起脖子就喝乾了。堂兄很快爲他斟滿。

我冷眼觀察了他半天，越看就越確定我們見過面。他穿了件淡藍色的香港衫，畢挺的西裝褲加上發亮的皮鞋；稀疏的頭髮緊貼頭頂，汗珠盈盈，圓圓的胖臉和凸出的金魚眼睛都泛着酒的顏色。

「請呀！不用客氣。」堂兄招呼客人。

「對！來乾了吧！」阿財哥又熱烈的呼應着。好像他是今天的主人，必須殷勤勸客。

相形之下，順發哥兄弟兩個可就顯得相當土氣了。兩個人都是農夫打扮，鐵多龍的襯衫上到處是香蕉樹汁的黑色斑點，在堂兄和阿財哥的招呼下，只是尷尬的吃着。

堂兄爲了伯母的病要將三溝水的幾分田賣掉，說是說了許久，一直都沒有認眞，前半個月伯母病情變化，住院後不容堂兄再猶疑了，眞的放言出去要賣，馬上就有人找上來，想來對面坐着的這兩個土土的順發兄弟就是買主吧！我看看堂兄，雖然笑容滿面，神情却有些恍恍惚惚，充滿了心事的樣子。那麼是談成了買賣了？直覺告訴我不錯。賣田的滋味當然不會好的，何況還是祖業呢！

順發兄弟就像是會買田的勤勞農家人一樣，旣然他們是買主了，那麼這個阿財是什麼身份呢？他夾在中間如此的大方自然，他是堂兄的朋友嗎？堂兄的朋友我幾乎全認得，可從沒有見過這一個人物！是順發兄弟那邊的人？可又跟堂兄如此親蜜。

我沒有太多心思去思考這個阿財的身份，在吃菜喝酒的當中，我如同堂兄一樣心事重重，最慢我要坐五點鐘那班車出去，晚上十點鐘的火車北上，而我的學費還要看在這兩個土氣的順發兄弟身上呢！堂兄答應借我三千元註册，然而除了三溝水那幾分田能賣成之外，一個拿薪水的人又那有整筆的三千元可以給我呢？

酒菜一樣樣送來，好像這小宴會還相當豐盛。沒有人談及田產的事，整個席面全由阿財獨自在包攬着表演，談的是酒經和風流韻事，但見他口沫四濺，旁若無人。

「你放心，成啦！」堂兄趁阿財講得最高興的時候，側過身來低聲說，似乎他也看出我的心情來了。我朝他點頭，他也苦笑了笑，一付無可奈何的模樣。

「是對面那兄弟兩個？」我問他，堂兄點了點頭。

就在此時，我注意到對面順發忽然顯得不安起來，是我和堂兄交頭接耳的情景使他生起猜疑心了，我在代書處做過一年，這種情形了解得很深，買賣雙方在這種田產交易時往往都懷着懼心，唯恐對方欺騙。爲此，我不再跟堂兄說話，只要我五點鐘以前能出去，明天能辦完註册手續，我還有什麼可掛心的呢？

「人生不飲酒快樂，做人有什麼意思？」阿財哥慷慨地嚷：「飲酒又要有知己的朋友，千杯不醉，千杯不醉。」

「對！」堂兄朝他晃晃杯子。

「我阿財十四歲學起，到今天三十幾歲都來了，還沒有一天不飲酒的。高興起來常常一夜連飲他三間酒家，飲個天亮。」

「像你阿財哥沒掛沒慮，當然飲得，我們那有這種命？」堂哥又說。

「這也是的，人要放得下，天大事想通了也不過是這樣子。像我阿財，」他拍了胸膛：「還不是照樣快樂？順發兄弟很知道我，沒一塊田一塊圃的，產財身外物，笨人才會被當牛駛。」

他那卑視自大的樣子使得順發兄弟都不自在起來。堂兄急急地敬菜。

「不過，話又說同來。」阿財哥說：「像順發兄弟這樣的人才能買田，買田是光榮的事，來！順發，秀發，我敬你們一杯。恭喜！」

「感謝阿財哥幫忙，這田才買得成，不過，田買了，人得當作牛駛，也沒有什麼好恭喜呀！」順發的臉上，漸漸也泛起酒紅來了。

「話不是那麼講，」阿財正色地瞪了對方一眼：「你要知道，人總得要做活，像你們認眞耕作，很好！像阿吉，他賣田也沒有什麼好見笑，他不用做粗活，他用頭腦，一支筆就是他的大鋤頭。所以，今天我很高興，大家乾杯！來！」

我看着他那圓圓的面孔，凸出的金魚眼睛，再加上他說話的那種誇張的語氣和模樣，漸漸使我的思維歸入了紛亂的回憶之門。突然的就像他跳了出來似的，我自覺清清楚楚的記得他這個名叫「阿財」的人了！就在這突然有悟的一刹那，我就專心地打量着眼前這個唾沫四濺的人了。不錯，儘管衣着講究起來，我還是確確實實地認得他，往日惡劣的印象刺激着，原來只是對他淡淡地卑睨的情緒，立刻就轉變成了深恨賤視。可是當年認爲無可救藥的廢物，現在不是過得無比愜意嗎？看他的裝扮，原以爲即將餓死的東西，却是越來越得意了。他夾在這裏，到底是扮演着何等樣的角色。他以爲他是主人嗎？我不由得傻傻地看着他。

眞不可思議啊！經過了這麼些年，他仍是那麼好好的，如他所說：飲酒快樂，享受人生。當年看到他的時候，我剛高中畢業，靠着父親生前的關係，在劉銘德土地代書處找到一個工作。銘德叔是父親的好朋友，對我很好。他人很能幹，脾氣也很壞，由於我一向做事粗心，又寫得一手相當糟糕的字，因此常常總要挨罵，儘管銘德叔的責罵帶着善意的教導，却也很覺難堪。想起那時候的日子，眞還令人心裏慌張。

這個阿財是個不打眼的委托人，我一直將他看成愛吹牛、愛奉承的庸俗傢伙，談話總不離享樂，除此更不知有正經事情。他姓什麼名叫什麼我都全已忘光，六七年都過去了嘛。好像是他有一張土地權狀，說是一筆田產，想要委托銘德叔代他向土地銀行抵押貸款。我舊的印象一件件浮現出來：他的母親哭哭啼啼跑到代書處來，求銘德叔不要幫他把最後一點祖業也當掉蕩光。她是一個尋常的農家老婦，背彎得挺厲害，眼睛也不好了，老是紅紅濕濕的，我不知這究竟她是流目油或是傷心落淚，埋頭抄寫文書的空檔中，我總忍不住要偷偷打量她。老實說我是相當爲她感到難過和不平的，爲什麼生出那樣一個愚蠢無聊的兒子來呢？任誰都該幫她教導他。銘德叔却並不那樣想。

我好像還記得老婦人家的嘮叨，她在我的辦事處一坐就是半天，而口裏反反覆覆的就說着那麼一句：

「你們修修陰德，不要幫他去借錢，我就他一個兒子，也就剩下那三分地，你們這些人留一點後代福呀！我阿財老婆都還沒有討，誰來接下祖公的香火呢？少賺一點吧！」

照例是沒有誰會理她的，她連到我們辦事處來了三天，最後知道無法阻止這事，才哭哭啼啼地又走了出去，以後就沒有再見到她，後來沒多久便聽說她去世了。我更對這個叫阿財的感到痛恨，有時我還懷疑他是不是一個「人」呢！

對我的老闆銘德叔，我也暗暗地生氣了很長一段時間，現在想起來倒也不怪銘德叔生氣，老婦人的話始終認爲是我們這些人在慫恿帶壞了她的兒子，老是要我們這些人高抬貴手放過她這一遭。當時可能我太過同情她而未計較這些，但是銘德叔可大大覺得不是味道，我是可以體會到他的感想的。自然他脾氣不好，但是對老婦人那麼大聲叱喝，究竟還是失德。

「妳管事管得那麼遠，自己的兒子管不住，妳還來管我做事？誰人去拉他進來的嗎？糊塗的老人家。」

銘德叔的聲音響亮凶暴，連想想都還覺得耳膜發癢，就在辦事處他將老婦人吼了出去。又過幾天這個阿財也在同樣的吼聲下被趕了出去，以後很快我就將這事擺開一邊去了。代書處要想學的事太多，而銘德叔的聲音弄得我緊張得不得了。再沒有多久，我毅然離開了代書處，出臺北就闖到今天，一連換過多次工作，送牛奶、送報、賣日光燈、改補習班的作文，苦樂都嘗過，唯一引以爲自傲的是大學夜間部我靠着自己讀過了一大半，再註册兩次就是畢業時節了。

「哎呀！後生人想什麼心事！喝酒呀！」阿財哥探過半個身子在我肩上猛拍了一下，幾乎將我的肩膀都拍脫了臼，我不高興地瞪了他一眼，他却全不在意。

「再來一瓶紅露，」他問堂兄：「好不好？喝完就吃飯。」

堂兄又叫了一瓶酒，並吩咐另煮熱湯。

「順發哥」堂兄說：「我要我弟弟來，是想請他替我們寫契約，吃過飯到我家裏去，好不好。」

順發兄弟互相對看一眼，沒有說話。

「對！聽說這位老弟文才十分，一定沒有問題。」阿財嚷着，興高采烈的又拍拍我的肩頭。

「是不是到……代書處那裏做比較好些？」順發遲疑地望着阿財哥。

「我弟弟就做過代書。」堂兄說。

「沒關係，買賣契約做好後，土地登記再送代書那裏就可以了。」阿財說。飯店的小姑娘正好提了酒來，他接過去用牙齒咬掉了瓶蓋，聞了聞瓶口滿意地說：「這樣也可以省下代書的錢呢！來，把酒杯喝乾了換這個喝。」

順發兄弟再交換了一個同意的眼色，就欣然喝乾了剩酒。

酒意越來越濃，那木訥的兄弟倆開始多話起來，大談起他們創業的經過，一唱一和地非常起勁。只有堂兄一個人仍默默地在旁邊，他酒喝得不多，菜也吃得少；我是胡亂塞滿了肚子。這餐飯使我感到不耐和痛苦。不過不要再煩心註册費，心情倒也安定下來了。

我再去找堂哥時，是禮拜天，他一早就到蜂園裏看蜂巢去了。我一路走着，蜜蜂在身前後飛動着，來復去的，顯得非常忙碌。看到這些肥肥大大的糖蜂仔，我覺得心情特別開朗，對蜜蜂我一向很感興趣。

堂兄的養蜂是偶然促成的，那年，我高中畢業前，有一天有一窩野蜜蜂突然飛到果園來，就在老龍眼樹枝上結成了一團黑黑的蜂團。我知道那蜂團中間有一個蜂王，我也知道牠們不會在龍眼樹上長住下去，可能一兩天後，在大家都不注意的時候，牠們就失去踪跡了。而我是不容許牠們就如此離去的，從小來，只要我發現到松鼠窩或斑鳩的巢，沒有一次不是想盡辦法將巢窩裏的小東西弄回家裏去養的。然而對這一窩滿是針刺的蜜蜂團，我却有着無從下手的苦惱。蜜蜂螫人是痛得不得了的，小學時學校後面不遠處的人家就有蜂箱，我常要在蜂房前看着蜜蜂從箱子的小口進進出出，有時不小心就會被刺上一兩針，那種經驗使我對龍眼樹上蜂團存着極大的戒心。後來堂兄來，我們才去詢問幾個有經驗的人，我還買了不少陳舊沒有味道的木板，粗粗地釘了一個蜂房，第四天一清早露水未乾時，我就將整窩野蜂搬進箱裏去了。想起那時的裝備，還忍不住想笑呢！兩套塑膠雨衣，眼鏡頭紗，雨鞋，眞不知道當時是怎麼爬上那株老龍眼樹去的，而後還要兩手捧着蜂箱下來呢！

蜂王的形狀確如生物書上的圖片，可是要在密密麻麻的蜜蜂堆裏面找出蜂王，却又是另一回事。蜜蜂爬滿了我的兩手和上身，我一發起牛脾氣，就悶在塑膠雨衣裏苦悶了兩個鐘頭，蜂王用線縛住了，蜂箱給搬到果樹蔭影下，我第一次養起蜂來。我是相當熱心的，書也買來了，早晚也要到蜂箱前去看看，可是這些野東西只在牠們的新居住了七天，到第八天我清早去看的時候，蜂箱全空，只留下一點蜂蠟殘跡。至於那段二尺長的白線，完全失去了踪影。當時確實是夠難過的了。

蜂箱留在樹底下，兩個月後堂兄看到了它，說是要買一窩蜂來試養，我並沒有在意，有一天我發現箱子也失了踪，原來堂兄眞養起來了。他家果園比我們家的大，很多人都贊成他做這事，反正擺在那裏不必多費心去料理，改良種的蜂不比野蜂，是用不着絲線來綑綁的。然而堂兄對養蜂的熱心，則又大大出乎意料之外了。幾年下來，他如今已有二十多箱，居然還是一筆相當不小的收入呢！如果我沒出臺北去，那麼可能我也有這麼多的蜜蜂了。

堂兄正打開一個蜂箱在察看着，他就戴着一雙白棉線手套，輕輕鬆鬆的，在他周身飛動的蜜蜂，他可能是看作蝴蝶了。我眞羨慕得不得了，要不穿上厚厚的雨衣，我是不敢走上前去的。堂兄看見我進來，他輕輕地闔上蜂箱走過來，一路上用手不住的揮去停在衣服上的肥肥的蜜蜂。

「怎麼又回來啦？」他驚喜地問。

「開學還要一個禮拜。」

「工作還沒有開始嗎？」

「那個事丟掉了，已托人另找。」

「沒有問題？」

「剩下一年了，眞不行時我還回補習班改作文去。」我故作輕鬆，事實上我也不再憂慮，四年都過去了，剩下一年還不能撐下去嗎？從我大着膽離開代書處起，生活反正就是在這種情況下過的，我都不曾引以爲苦，只要辛苦有代價，在乎什麼呢？

「你的田款收到了嗎？」我問。

「清了。還有尾數是登記以後給的。你還需要嗎？」

「我夠了，伯母要很多錢用。」

「錢用完病能醫得好也沒關係，我怕……」

「風濕痛又不是什麼了不起的病。」

「恐怕沒有那麼簡單，眞是風濕病可就好了，你看她一天天瘦下去。」

「不要疑神疑鬼。」

「反正田賣掉了，這些錢就是要醫她的，盡心盡力就是。」

「那天想問你，老沒有機會，那個阿財，」我說：「你怎麼會找到他做中人的嘛！」

「那裏是我找的，誰知道他在哪裏聽到我要賣田的事，他就來找我了，一天兩三回。」

「一定是代書處聽到的。」

「很可能，我經常看到他在劉銘德代書處，整天蕩來蕩去的。」

「銘德叔那兒？」

「可不是嗎？」

「順發兄弟，那買主，就是他找來的嗎？」

「是呀！」

「這傢伙！」我忍不住嘆息：「看來他是變成職業『中人』了。」

「那當然，他就靠這個吃飯嘛！」

我想起我在銘德叔代書處時，在那兒日夜晃蕩的職業掮客，有司法方面牽牛吃水的黃牛，專門挑撥是非；有田產買賣的包攬者，就像阿財現在所做的一樣。我是多麼討厭這一類的人，當年我就加給了他們一個名稱：吸血僵屍！沒想到阿財也會走到這條路子上去。倒也是的，像他那種貨色，除開這一行，他還能做什麼？

「你對這個阿財的印象怎麼樣？」我問堂兄。

「哦！」堂兄看着我，考慮了片刻之後說：「一個幼稚可厭的脚色，他演得十分出色。」

「哈哈！我也這樣想呢！眞絕。」

「你們很熟嗎？」堂兄有點疑惑：「他說他認識你……」

「熟是不熟的，不是你介紹我還忘了他叫什麼。不過！我對他印象相當深就是，永世難忘。」

「呃？」堂兄有趣地看着我。同時找了一根浮出地面的荔枝樹根坐了下來。我也在他前面選擇了一支粗的根坐下來，腦子裏浮出的是阿財的那哭笑的鬧劇，淸淸楚楚的就如昨天的事情一樣。

「我曾經細心的分析過這個人。」我說：「我先以爲是他的媽媽寵壞了他。當然，這一點他媽媽是很盡了點力。但是我分析的結果是這個人根本就是天生愚蠢，天生的廢物。」

「呵呵！有理。」

「以前見到他的時候，我還在銘德叔的代書處。他來申請土地抵押貸款。申請書還是我寫的呢！」

「哦！他家有財產嗎？」

「現在還有沒有可就難說了。」

「我知道沒有，房子都是租的。」

「他是個荒唐的傢伙。誰跟他一塊兒喝酒誰就是他的親兄弟，在代書處嘩啦嘩啦地親熱得不得了，見了人就敬煙。」

「做人還滿不錯嘛！」

「不錯？他的老母親就爲他上吊，六十多些的人咧！」

「啊？」

「這事銘德叔也要負點責任，當然是道義上的，我相信他心裏也很不安，那時你如果看到他狠狠將阿財痛罵的情形，那才精彩哪！」

「劉銘德脾氣是不好！」

「他拿了土地權狀來，先就向銘德叔借錢，然後請他上酒家，大概銘德叔看他抵押借錢沒問題吧！反正以後可以從他的貸款中扣收，兩個人狠狠地去喝了幾次。」

「錢沒借到手？」堂兄忍不住發問。

「他老早就抵押掉了，銘德叔做了呆猴，第一次我發現他被人耍弄。」

「這麼精明的人！呵呵！」

「那老婦人家最慘，如果她是爲那筆田產自殺，她早一年就應該上吊了，可是她怎麼會知道呢？相信到死都怨恨銘德叔。」

「劉銘德照說不會那麼沒有人性才對。」

「一方面是錢已被阿財借去，另一面老婦人家的話實在也不中聽。太寵愛兒子的結果，到死都不知道覺悟。」

「這種人太多了。」

「至於銘德叔，我老覺得他是報應，活該。」

「呵呵！你這傢伙。」

我站起來拍拍屁股，心情似是輕鬆許多。

「不談這傢伙了，我們看蜂去。」我說。

堂兄輕咬着嘴唇，正凝視着遠處園子盡頭的田野。我知道他又在想心事了。

「你知道嗎？阿明。」他說：「你有沒有想過，那個阿財可能比我們都聰明？」

堂兄慢慢立起，像是午睡猶未醒來似的，顯得神情恍惚。

「唔！」我也心情沉重起來了。

「我現在有二十五箱蜜蜂，你來看看吧！我在捉烏蜂仔呢！」

堂兄走向蜂箱去，精神又好起來，好像什麼事都不掛心。我看着他戴上手套，小心的打開蜂箱，然後細心地朝裏察看。蜜蜂爬到我身上來了，癢癢的弄得我不敢動彈。

「不要怕，這時候不會螫人，蜜蜂很馴。」堂兄說。

「我被螫過，凶得很哩。」

「不要弄傷牠就不會。你看。」

他拿起一個不銹鋼的夾子，左手撥開成堆的蜜蜂，突然夾子一動，很快就夾出一個肥肥黑黑的怪蜂出來。

「你沒看過這種蜂吧！」他說：「烏蜂，或者說是雄蜂吧！是個無用的傢伙，專會吃糖。」

「你夾出來怎麼辦？」

「放進瓶子裏帶回去弄死牠。現在花粉很缺，不能讓牠白消耗。」

「我記得我在哪裏看過，蜜蜂不需要牠的時候，牠們會把他趕走，甚至將牠刺死，可能牠現在仍然有用呢！」

堂哥看着我，停了很久，忽然他心頭似有所悟一樣，夾子動了動那怪物又被扔了進去。我想問問他心裏想的是什麼，但是有一隻蜜蜂爬到了我的嘴角，我不敢開口。

「由牠去吧！你說得對，讓牠去自生自滅。」

蜜蜂嗡嗡嗡地飛來飛去，周身無處不是這會製蜜的小東西，太陽昇出山頭來了。

「走吧！再不走牠們要發脾氣了。」堂兄說。

我跟着堂兄走出果園，太陽將我們的影子拖得老長老長，我望着堂兄手裏玻璃瓶中，原來裝着的幾隻烏蜂，擠成一堆黑色的一團，很久很久，忽然我想吹口哨了。

（五八・六・青溪雜誌）

清明

「他們聚在一起的時候，又要鬧事了，」財貴的老婆拭着額門嘀咕：「誰曉得他們今天又要怎麼變。」

她打開風爐上冒着白氣的鍋子加進了半杓水，紅燒鷄肉的香味登時塞滿了整個厨房，也衝進了熱鬧的客廳。

坐在客廳裏的順妹首先抽動起她那多肉的鼻子，對肉類她一向有着敏快的反應，尤其這時候她又剛好坐在厨房的門口。

「你聞到了嗎？那個……」她拋下原來的話題，專心地問起身邊的美玉來了：「封肉，眞香。」

美玉笑了笑，也跟着吸吸鼻子。她轉臉看見順妹舉手拭汗，再瞥見她人中上細細密密的汗珠，使得她自己也突然熱燥起來，於是她手中的小手絹開始向着臉孔搧動。

「二嫂鼻子眞靈。」她深意地笑着。

順妹沒有意會出她的話語，仍然抽動那多肉的鼻子。

「大嫂煮食是進步了，」她對美玉說：「眞香不是？」

由於這股香氣太不平凡，使得喧嚷的聲浪暫時平息了片刻。女人的談話，也就深深的引起男人們原始的本能，在經過這半天操勞奔走，又加上半天爭論，就更加強烈到足以促成行動的地步，甚至於可以拋開均分老屋的念頭。

「妳這個婦人家就知道吃！阿嫂一個人在厨房裏忙，不會進去幫忙嗎？」

「這些婦人家眞懶透了！悽慘！」

圍着飯桌的福貴金貴兄弟倆一前一後的開始指責，彷彿沒有想到就在半分鐘以前，男男女女正一搭一檔地在討論着大哥沒把老屋均分的不當。兩個女的懶洋洋立起身子，同時都狠狠暗咒男人多事，一年就這麼一天回到家中來，原就想偷閒半日，誰高興這時候仍然悶在火煙燻人的厨房裏呢？

「遠來是客，他不知道嗎？」順妹嘟嚷。

「死人！最討人嫌！」美玉暗應。

然後兩個人慢慢走進厨房裏去了。桌邊幾個男人看得清楚也聽得分明。兩個鄰居是客，裝着什麼都沒看見；做丈夫的却由於習慣成性，忘掉了應該生氣；至於主人財貴，幾十年家長的威嚴和經驗，使他懶於和女人計較，而且長年難得回家來一次，更存有半分客氣。於是，幾乎是同一個動作，各人都呷了一口濃茶。空氣在廳子裏凍結了，適時，有股濃郁的飯焦味衝開了窘境。

「怎麼，大阿嫂還照樣老煮火焦飯嗎？」金貴笑嘻嘻開口。

「牛牽到廣東去還是牛！變得了的嗎？」財貴淡淡地應一句。

「說句老實話，財貴嫂已經相當能幹了，田裏家裏，那像我家老……」鄰居石祥遲遲疑疑地為廚房裏忙碌的財貴的老婆說了句好話。

「當然，我阿嫂是能幹。」

「能幹什麼？那樣贏過人家了？」

主人財貴的話仍是淡淡的，使得在坐全體都有同樣的領悟：這個話題不能再談下去。幸好為肉香所引起的食慾已為冷凍的空氣所壓制，老屋均分的興頭立刻又抬起頭來，空氣漸漸由又冷轉燥，主客雙方都粗着脖子互不相讓。自然，分屋也已是老話題了，福貴金貴抱怨大哥不公平，而財貴却認為老屋非祖產，誰也沒有權利分去一塊瓦，那是他當哥哥的人所購買的，再加上兩個旁人石祥增發，客廳裏的話聲直可傳出大夥房之外。

在廚房中，加上兩個女人後，熱鬧並不下於外面的大廳。財貴的老婆對於妯娌下來幫忙並不領情，廚房本就狹小，事實上人多反而礙事，並且她寧願自己安安靜靜地隨意去做。因此，她將兩個女的打發到天井那邊水槽旁去洗菜，仍由女兒靜英燒火加柴，自己在四個爐口間轉着。廚房裏很悶熱，她的心也很煩。

清明節，這個節日無論如何聽起來都很引誘人，她記起尚未嫁給財貴以前，好像聽過家鄉李德全老先生吟詩，她就記得一句青山分外青什麽的，那時節姑娘家沒牽沒掛，隨家人到深山裏去爲祖父掃墓，山光水色所給她的感受到今天仍然那麽深刻鮮明，她們都稱掃墓作「掛紙」，爲什麽叫做掛紙她却從未去推測，但是提起掛紙，她就想到祖父的墓，想到全家大小沿着山徑向前走，父親挑着三牲的擔子，母親掮着鋤頭。從那些時以後，山色似乎就再沒有那麽青翠過了。特別是近一兩年來。

「他們每年都不會早一點，總是要臨時趕得人半死。」她心裏想着。

一年中就只有清明這一天全家人聚集一堂，全家人，指的是丈夫財貴的兩個弟弟福貴金貴，還有丈夫的姊姊春娣，妹妹秀娣和美娣，連着小孩子合起來十六七口人，這一餐飯眞夠她張羅半天，而且她還得等着祭肉回來當菜呢！

「去年就跟他們講過，三關四囑的！」

並不是她討厭丈夫的家人，也不是她不願意弄這一餐飯，主要的是每年吵吵嚷嚷的，破壞了她對清明記憶，尤其是他們都喝了一點酒之後，更是討厭。只聽人家有祖產的人爭吵，爲什麽這個父親沒有留下一鋤頭地的家庭也免不去那種貪心呢？年年都不高興地離去，而財貴晚上的脾氣又將是她難受的罪過了。

「不要比去年鬧得更厲害才好。」

她定定心聽了一下外面的喧嘩，入耳的却是她那老公財貴的聲音，響亮又清楚。

我這間屋子在阿爸死時還是租的，一年兩百斤穀的租金，你們誰知道嗎？

當然你們不知道，阿爸死時福貴才七歲，金貴你呢？五歲。秀娣美娣一個兩歲一個才四個月。你們沒有苦過，不知道當時的日子，阿母最清楚了，可是阿母已經過身，現在就只有我和阿姊最了解當日的生活，不要以爲我騙你們，你們可以去問問阿姊。春娣姊呢？哦！她們幾個人到對面潤生伯母家去了？也不要緊，有鄰舍石祥哥他們在這裏，他們旁人也看得清清楚楚。

你們知道阿姊爲什麼被人叫做愛哭妹嗎？阿姊是愛哭的，你們沒有聽過人家叫我哭牯吧！當日我和阿姊就常常在田頭哭泣。阿爸死時我十二歲，阿姊十四歲，母親歷來多病，阿爸生前原來在柵背租的劉阿水的六工人地，就是我和阿姊兩個人去耕作。阿爸和劉阿水交情很好，事實上他也一向人緣特好，他死後劉阿水想將地收回去，但是礙於情面也不敢開口。阿姊你們也知道，有阿爸的英氣，她向劉阿水保證，租穀年年照繳，然後她逼着我下田使犂，她牽着牛走在前面拉，我握犂柄後面跟。有時我累了跟不上，有時我拗氣不走，阿姊狠狠地就在我頭上亂敲亂打一陣，打完後她在一邊哭，我在另一邊哭。阿姊不是恨我，從小她就處處護着我，哭完擦乾眼淚，她摸撫我頭上疙瘩，用口水醮着使勁推揉，但是她不許我丟下犂柄。阿姊總是握牢了牛鼻索在等着我的。劉阿水經常遠遠眺望我們工作，碰到他來，我和阿姊都挺直了脊梁撐着，即使犂柄眞要拆開我的兩臂我也不放手休息。

阿嫂！好在喲！說沒福又有福，我也替妳安下一條心。劉阿水幾次這樣跟阿母說。

我十三歲就開始自己駛牛犂田，阿姊和阿母天天上營林局做零工，家裏養幾條猪，也將你們餵大了。你們知道這些苦況嗎？

人家都說我們的阿爸好，對外人，阿爸確確實實忠誠負責，但是他求好過切，對我們姊妹却像是閻王一樣，從很小時就要我們對自己的事負責任。我讀過兩年唐書，知道子不敎父之過，但是父親敎子也是過失啊！他打起我們時好像我們是狗是畜生不是人。阿姊有次因爲牽牛不留神，咬掉人家路邊一排禾苗，阿爸一扁擔打斷了她一條腿，連阿母去救都腰背捱了兩扁擔，反而使告狀的人難過得責罵起阿爸。想起他，我就有怨怒，我老覺得他有罪，抛下這麼一串孩子，我們眞受到他什麼恩惠了嗎？

阿爸是孤兒，他沒有被人愛惜過，他也不知道怎麼疼愛我們。我並不恨他這一點。其實，恨或者不恨都沒關係了，你們全已各自長大成人，我們今天掃阿爸的墓，並不是要來責備他。不過我只要你們不要忘記過去的日子，莫當眞以爲我這個做哥哥的人虧待了你們，算起來你們已經享福得多了。

我們這幾間屋子原是有水叔公的，有水叔公是我們遠房親戚。阿爸原是入贅母親家，等阿母答應跟他出來後，他們就租下了這幾間破屋，那時只有我和阿姊兩個孩子，福貴還是到了這裏以後才出生的呢！

阿爸死後第四年，對面人家因爲金貴和他們家孩子打架，弄到大人也失和。說起來，大夥房裏人無論如何都是至親，我們雖然同姓，比起來却成了外人，加上母親軟弱，家境貧寒，當時差一點就被擠出這個夥房外面去了。

我到西勢去看有水叔公，那時他在西勢已經買下大片田產，並且造了新夥房，氣勢相當大。算起來有水叔公也是很愛護我們的阿爸的，我去找他一方面是告訴他屋基被人侵佔的情形，一方面却也請他幫忙出力。

你們想在那兒住下去嗎？他問我。

我們住得慣慣的，也沒有地方好去。

那是我的祖業。

我知道。

我現在却照顧不到，我想放棄。

讓給他們嗎？

他們眼睛很紅，但不給他們。以前我就是看不慣他們的面色才賣掉了田搬來這裏的，我那幾間屋在大夥房裏地點最好，後面又有大菜園地。那是我阿公分給了我阿爸，我阿爸留給我的，他們上代起就不甘心了。

菜園地上他們已經爭着搭牛欄，說是我租屋沒租地。我說。你阿爸我一向疼惜，又不是外姓人，你看這樣好不好，我把那屋和地都賣給你。他說。

有水叔公的話一時使我發傻起來，我怎麼也不會想到買屋的事，尤其在那有一餐沒一餐的時候，但是我狠下心借了錢，就用買來的房子抵押，好在有水叔公存心將房產讓給我們，他讓我分幾次繳穀，屋錢給清，我却背了一身債，到現在這債還重重壓着我呢！你們不要以爲我那麼無用，連一點錢都還不清，要知道這歷來一次又一次的事業，沒加重負擔已是不容易了，有誰來幫我還一元五角嗎？

阿姊很能幹，但是對於借錢買屋這等大事，她却一點辦法也沒有，我借那麼一筆錢，把她和阿母都嚇得半死呢！

虧你們還好意思說要分房子，我辛辛苦苦拚生拚死買來的產業，你們有資格分去嗎？我沒藏私產也沒特別關心自己，三十二歲才娶你們阿嫂，怎麼說都對得起你們，阿爸沒留一角地給我，我也沒有一角地分給你們。

你們都各自在外面生了根，就是分給你一間屋子，你們又有什麼用？我不給。

財貴的聲音突然而止，最末幾句說得又重又快，使客廳裏一時顯得分外寂靜，也使得財貴的老婆醒覺過來，蒸飯的水幾乎已經煮乾，她慌忙地將飯甑搬下大鍋，加些清水進去。她聽到鄰舍增發哥和石祥哥的聲音，似乎都在稱讚她的老丈夫，她心思有些飄搖，竟無法聽清楚他們究竟說着些什麼話。她被財貴那句三十二歲娶你們大嫂的話說得心胸酸楚，加上清明節的舊時的記憶，使她不住地回想起來，眼前腦中變動着的，幕幕全是和財貴結婚前後的事。

「怨孽哪！」她重重地嘆息，弄得在爐前加柴的女兒靜英奇怪地直打量着她。

嫁給財貴後就一直苦到現在，先時爲兄弟苦，現在又爲子女苦，什麼時候才得出頭？

當年他家來提親，原來她也不願意的，自己全然沒有產業，就靠租來的幾工人田生活，兄弟姊妹却有一大堆，任誰看了都會害怕。但是爲什麼後來又肯了呢？而且還幾經阻礙都沒有被破壞掉婚事？到今天仍然有人笑她是相親時認錯了人，把跟財貴同行的陪伴看成了財貴，那個陪伴的人確實相貌堂堂，不過也作古許久了。

對於這個玩笑她一向就極口否認，也不知道是怎麼傳出來的，說她相親那天沒有向那個人奉茶，也沒有敬他香煙，準定是拿他開心。事實上可能是奉茶時到他那兒剛好托盤已空，而自己慌張忘了補送，而偏巧敬煙又漏掉了那個人，這已夠使她百口莫辯了，尤其那些愛說笑的人總是在財貴面前問她，眞要使人難堪。現在年紀一大，自然也就不再有什麼了。

說她認錯財貴眞是寃枉，財貴固然人才並不出衆，她却從沒有嫌棄過他。當年她有過這樣的想法，一個愛家庭疼弟妹的男人一定是好丈夫，但她沒有將這種想法告訴過任何人，連她的母親都奇怪她會乖乖順從地嫁了過去。

「苦命！」她總要這樣嘆氣。窮一輩子！事實也是這樣，她口袋裏就沒有幾時擱過錢的，不過，衣食却也不必她去操心，她除開盡本份做完工作，其他都交由財貴去處置，要說她還希求什麼好日子，想起來也不過是手頭能有幾文讓她隨意用用，致於用到那裏去？她倒也沒有想過。

「媽！鍋子燒紅了，你頭痛不爽快嗎？」女兒的聲音叫醒了她。

「要死啦！」她暗暗自責：「昏昏顚顚莫不是反常了？」

爐火呼呼響着，順妹美玉兩個人嘻嘻哈哈由天井洗好了菜進來。

「砧板呢？我來切青瓜。」美玉說。

她看美玉一眼，指指天井。美玉翻身又出了厨房，順妹後面跟着。看兩人一胖一瘦出去，她又注意聽了一下客廳的動靜，聲浪更高了，吵雜中福貴的嗓門越來越響，終於壓下了大家，獨自飄游開來。她開始團肉丸子。

要說買屋我沒有出力，天地不容。阿哥當年買屋時我還小，確實我不知道這件事，但是從我懂事以後我們的家庭就已經背了人家好多債了。

我們沒有阿爸！阿母常常這樣告訴我們：我們不要做出給人看不起的事。

我們沒有阿爸，也因爲這句話使我們很多地方死不服輸，連打架都要打贏人家。我記得對面阿木伯常常在我們吃飯的時候來看看我們的桌子，我們桌面上大概都只有醃蘿蔔和薑，偶而有半碗豆豉，都讓金貴獨自霸佔着吃，沒有誰會搶奪，連最小的美娣都知道不能搶吃讓鄰居笑話我們。

我深深痛恨過這個阿木伯，當然他現在人已死了，他子孫遷出六張屋也不見發達，可見人也是說不得大話的。

阿福貴，你們吃的菜還沒有我餵豬的汁湯好呢！每次他說完這話，我就要偸偸看阿母，我看見阿母臉色變化，心裏惡恨立刻湧起，當時眞恨不能踢死老阿木哩！我曾發誓，有一天我要給他好看，而當着阿母，我却連生氣的臉色都不能顯出來給她知道。

我沒有機會等着長大給老阿木伯好看，十三歲那年阿母答應西勢有水叔公讓我去他家幫忙，從那年開始就做了十幾年的長工，在有水叔公那兒我省得連一分錢車錢都捨不得坐，每次都老遠從西勢走回家，所得到的工資一分一厘全部都交給阿母，還債家用，憑天地良心，我對得起自己。

有水叔公對我很好，但是不要以爲我眞像臉上顯出來的那麼得意，每次回家我都很希望能留下來不走，但是看到阿母對我所顯現的寄望，我每次都嚥着滿肚辛酸回西勢去，做人家的長工要看人家的臉色，有水叔婆生性有多刻薄大概只有我自己心裏明白吧！

十幾年日子說長也不算長。離開有水叔公家，租了他半甲水田，直到碰到土地政策公佈，才放領來自己的田地。兩碗飯總算有得吃，順妹笨拙，她運氣却很好，婚後日子一年比一年順利，人家都說她有幫夫命，是不是眞的，我却懶得去想。

比起當時的日子，我現在沒有什麼好再抱怨。老屋對我沒有什麼用處，但是我總是要這樣想，家裏究竟給了我什麼呢？什麼也沒有。隨便指定一間給我，讓人家問起的時候我可以告訴人家自己有祖業在家裏，我不是被趕出去的沒主的野狗。

我這樣要求，會過份嗎？阿母死後，我已經沒有再感覺到這裏是我的家了。

「我嫁給他的時候，他還在有水叔公家做長工。」順妹的聲音突然響起。財貴的老婆有些吃驚，她轉過頭去，看到順妹那肥滿的身子正靠在碗櫥上，兩眼直直地看着水缸上面由亮瓦照進來的日光出神。

「福貴叔以前也眞苦過來了。」她對順妹說。順妹抬起頭感激地看着嫂嫂，她兩眼看起來似是比平常更靈活明亮了許多。

「結婚第二年他才租田租屋，自己出來打拚。」她說：「原來他也有意回家裏來，是我告訴他，兄弟大了，應該各人爲自己努力，誰也照顧不了誰。」

「現在你們總算出了頭了。我們都很歡喜。」

「他常常對我說，他從小就出外，沒人疼過，常常嘆惜沒有過到眞正的家庭溫暖……。」

「這個家庭，說起來誰也沒有舒服過，想想也是莫奈何的事啊！」

「唉！」

一聲長長的嘆息說盡了兩人滿腹的辛酸。妯娌兩個都傻傻地站着對望。天井那邊有叫喚聲傳來，是美玉那又細又尖的嗓音。

「二嫂，妳拿大碗公拿到那裏去了？瓜都切好半天啦！」

「哦！慘了！」順妹嗯哼一聲轉身就跨出了厨房。別看她肥大，動作可眞快捷。

「來啦！來啦！」她大聲說。

看着順妹的身影消失，財貴嫂搖頭苦笑一聲。當年福貴要娶她時，她和財貴兩個人還眞爲他們奔波了幾天，送聘過定，那時借來人家的錢，由老臺幣轉新臺幣，好像聽財貴說過，山下劉某人的幾百元都還沒有還清呢！好在福貴眼光還沒有太壞。

她開始洗鍋燒菜了。火爆雞下水的磁喳聲掩沒了客廳的說話，但是從間或衝入耳中的聲浪中，她知道阿姊春娣和小姑秀娣美娣都已經回來了，而且都熱烈地發言。加上小孩子叫笑，眞是熱鬧得太過火了。

「快些弄出去給吃飽，吃飽喝足之後就好了。」她不住催促自己。

火旺鍋急，小竈上筍乾在燉着，風爐上封肉又冒出了焦味，她忙得汗水不停地在脊背上流。

「把飯菜擺出去就好了。」她再告訴自己。

鑊起鷄下水，再煮鹹菜時，鐵鍋的聲音就再也壓不住客廳裏的喧嚷。她不能不注意到金貴的話，他的聲音又尖又暴，好像在跟誰大吵着一般。

房屋應該分給我一份，大衆時節買的就是大衆共有的，最少，以前我用的那間應該給我。大哥最貪心，我和二哥全是空身出去，大衆的鋤頭鐮刀都沒有拿一把，全部都給了大哥，大哥說過一句感心的話沒有？照人家一般的家庭，兄弟分家那有這麼好的，我不過要一間老屋，大衆時放領來的八工人土地我可曾想要分過一塊來擺屎缸的沒有？

眞是衰透了！出生在這樣的人家中！阿爸早死沒人疼惜，阿哥阿嫂又只能看到自己的孩子；阿母呢，一天到晚就知道不能讓人見笑，處處管得緊緊地，除了這樣好像就不知道我們小孩子也喜歡能出去玩玩跳跳。

從小來我就沒有享過和別的小孩子一樣的自由。看牛，刈牛草，料理妹妹美娣，甚至有時還要上山打柴。這些屬於小孩子的苦，不說倒也算了，到我應該讀書時這些事仍然無法丢下，我怎麼能專心來讀書呢？

我也知道阿母阿姊阿哥的辛苦，除開自認命歪跟上這樣人家外，只好認份打拚。公學校出來，人家升學的升學，尤其光復後讀書的風氣那麼盛，我那有開口的資格呢？說起來，眞正疼過我的只有阿姊一個人，這個家庭一直讓我心心念念的，也只有阿姊一個人。可是偏偏就是阿姊，半生人都快單身過來了，五十歲才搭上人家留給人笑柄，爲什麼好的事情不來，壞的事却一樣都不少呢？

我到高雄去學洋裁，四五年沒有用家裏一文錢，出師後先在屏東後在臺南當裁縫師父，收入每月每月送回家裏來，每個月送回來的錢應該不少吧！可是我從不知道這些錢當了什麼用，就像針沉大海一樣，連回聲都聽不到。

我不是不愛家庭，那年臺南搬回來我便打算長留在家裏，多賺些錢還清債務，也讓阿母享一點福，既然跟上了這個家，就要使這個家庭不致太見笑。可是六七年努力全無效果，就像一個陷入泥濘中的人一樣，愈掙扎便陷入的更深。理家的人是怎麼理的呢？我想不透。

那幾年在鎭上開裁縫店，全條街路就我一家，生意做得相當興隆，日夜不停都有衣服可剪縫。

像這樣辛苦打拚，生意這樣好，金貴，你的錢快賺飽了吧！不知道內情的人都會這樣問，我每次搖頭時，他們就要說：

我又不向你借錢，怕什麼呢？

當時眞要積起來，現在也就好了。人總有傻的時候，只是我傻的時間比人更久就是了。

再說明白一點，能賺能用都沒有關係，可是大嫂顯然偏心，我拚命賺錢回來的人倒處處覺得像外人，大嫂只看到自己的孩子。就像有了點好吃的吧，不到幾個小孩子吃到流出來便絕輪不到我們，殺一隻鷄也是這樣，那回不是端上桌來的全是頭爪骨頭呢？等到我娶美玉回來後，大嫂分得更淸楚了。使我對這個家庭失望萬分。加上阿姊一鬧，我再住下去一定會發狂起來。

我說阿姊嫁人，也不是說她不應該嫁，或者姊丈不好，今天姊丈雖然沒有回家來，我也要表明心意：我實在很敬重姊丈。但是阿姊都五十歲了，也不是我們兄弟不敬重妳，這樣做法教我們兄弟的面子擺到那裏去呢？

金貴他們兄弟嫁阿姊啦！這話我現在想起都還面孔發燒。這樣的家庭還能發展嗎？我出去啦！公婆兩個人就只帶去了自己用的東西，現在雖然說租來了店面，生意也順利，到底沒有地方生根。我不回來，但是我要有一間屋在家裏，就像留一個老巢一樣，累了可以退下來休息。

你們說，我沒有資格分一間破房子嗎？……。

打斷金貴的粗暴的話語的，是阿姊那有威嚴的聲音。阿姊開口後，財貴嫂連鍋鏟都忘記翻動了。順妹和美玉兩個將切好的靑瓜芹菜和猪肉搬進厨房後原想出客廳去，一聽到阿姊氣沖沖的聲音，立時又趦回爐前，悄悄地蹲下身子幫着靜英加柴搧火。

「你有資格！你有資格？一個人要摸摸良心，不要以爲你出來賺了錢，爲家裏出了一點力就非常偉大了，你有沒有想到你從小是吃什麼長大的？」

「我知道阿姊和阿哥的辛苦……」

「你知道嗎？你知道最好！阿哥是不是有義務養你養到你長大成人，是不是應該送你去學手藝讓你有圖生的本事？他是不是一定要替你娶親替你成家？誰有這個義務嗎？沒有？阿姊婦人家不說也罷，財貴所以咬牙拚命下來，不是爲了阿母爲了你們嗎？」

「我……」

「你！你從小就最拗蠻最不講理，連美娣最小都要處處讓着你，沒想到你到大還是本形本樣，一點都沒有改變。」

「………」

「從前我忍着不說你，有時節實在忍耐不下來，你說，眞有人虧待你嗎？」

「………」

「你呢？福貴？除了阿爸早死，大家都可憐命歪外，有誰對不起你嗎？」

「沒有，沒有。」

「這不是好了嗎？你們就算爲家庭出過力，就算奉養了老母幾年，是不是你們覺得不應該呢？」

「不！」

「阿哥孩子多，老屋幾間破房子不夠用，你們又不是不知道，誰沒有老巢？誰不准你們回來或者討厭你們回來？現在好在你們也都賺得了兩碗飯吃，不要忘記，原來大家也是什麼都沒有，巢要自己去築哩！」

「……」金貴的聲音低得不能辨認，財貴嫂側過頭轉向門那面去都沒有聽清，忽然她發現煎着的豆腐又焦皮了，急急揮動鍋鏟翻着，她兩耳却全神地專注在阿姊的聲音上。金貴和福貴辯解的聲音這時也靜止下來了。

你們嫌阿姊老了才嫁老公傷了你們的面子，眞的爲我使你們被人取笑，我感覺到很過意不去。不要以爲我老翻顚，老了才想老公，我想我們家的情形大家一樣清楚，也不需要我再說，萬事有前定，我也只有怨命的份。

說起來話長，這事除開財貴清楚外，你們當時都還不夠大到能了解事實。你們的姊丈原來是我們租劉阿水叔的田時我們的田鄰。那時田裏的事大都歸在我和財貴兩個人身上，財貴年紀小，駛牛握犂的事做起來非常吃力。那時我們叫你姊丈鷄喚仙，山歌唱得非常好。因爲他就在我們旁邊，在田裏時幾乎都是在一起的，他時時的都要走過來敎我們豆行怎麼開，蕃薯行怎麼犂。他比我們都大，高高壯壯的，常常他利用那邊休息的時間替下財貴，讓財貴緩下一口氣。我想我不必說你們也知道我和財貴有多感謝他了。

他二十歲那年，有一天他找到我就沒頭沒腦地要我嫁給他，我那時十八歲，從來就沒想到過這種局面，我慌慌亂亂地連話都跟他說不清楚。偏偏我們說的話又讓財貴聽到，他以爲我答應了嫁給人家，竟然發脾氣大鬧了兩日兩夜，連飯都不起來吃。

我沒有答應他。又過了兩年，他被他父母逼得沒辦法了，又來求我，我哭了兩次，不能答應也不能拒絕。

妳家就是我家，我會盡全力幫忙財貴和伯母。他反覆保證。

我相信他，但我還是放不下。有一天晚上阿母偷偷到我屋裏問我：

鷄喚仙那個後生怎麼樣？

很好！

妳會討厭他嗎？

我如果要嫁人，我要嫁那樣的男人。

好！他家今天使媒人來過了。

對於這個，我感到驚奇又似是早已料到，阿母沒有聽我的推托就讓人家來下定了。我已二十歲，在我們庄裏，過了二十歲還沒嫁的，那時還眞找不到幾個人呢！阿母就怕我們家被人取笑看輕。我茫然地等着，進不是退也不是，日子就那樣過了半年。

終於他家下了日子帖打算迎娶了。那時候我們家因爲財貴轉大人身轉不來正在病着，又黃又瘦，阿母一急也經常這裏那裏不舒服，全家就我一個人在支着。我找你們姊丈說明，要阿母托人去請求延三五個月日子，照說也沒有什麼不可以，誰知道對方忽然大怒，硬說是我驕傲，說我看不起他們的兒子，斷然地就取消了婚約。沒兩個月，他就另娶了三坵屋的女子了。

這是我後來才知道的，原來人家老早就嫌我們家貧，只是被兒子鬧得無法才答應，而我的不識抬舉惹惱了人家。

阿母安慰我，怕我意外。其實我雖然痛心萬分，却也沒有那麼容易倒下，家庭還少不得我呢！以後有幾家人也來求親過，連你們姊丈我都爲了家庭丟開了，還有什麼能再來替換的嗎？我全都堅決地推辭了。

後來他妻子過世，經過了幾十年，頭髮都開始變白了，他再來談起往事。你們都已經不再欠用這個阿姊了，雖然慢了二十多年，我嫁給他，難道這是罪過嗎？

你們沒有一個人想到阿姊苦心，你們只知道阿姊老來嫁人，掃了你們的面皮使你們面上無光，啊啊！枉費啊！枉費！這二三十年要向誰去討呢？向誰去討？

阿爸呀！都是你的罪過……

阿姊的聲音突然轉爲號啕哭泣。阿姊又哭了！財貴嫂慌得幾乎跳了起來，客廳裏解勸聲辯解聲亂紛紛的。她已無心再去聽了，她知道這時候最好是先將男人安定下來。

「快！」她對呆在那兒的順妹和美玉說：「快抹桌擺碗筷去，吃飯啦！」

順妹美玉活動起來，一個捧碗筷，一個端出大飯甑。財貴嫂急着舀出封肉，鹹菜筍乾都用特大號的大碗裝得尖起來。小孩子叫嚷得更高更亂了，肉丸端出去後，她聽到了財貴開酒瓶的聲音。

她等順妹捧完了菜，她再找出一個大碗舀入不少好菜，準備拉阿姊進廚房裏來吃，這時候沒再聽到她的哭聲，想是美娣或誰將她帶進房間裏去了。阿姊叫做愛哭妹嘛！不過她從來不敢這樣偷叫，她喜歡阿姊。

大碗舀滿後她擺在爐面上，忽然又想到，金貴看到又要說她藏私了，想要端進碗櫥裏去，却又突的停下手來。

「隨他去吧！」她開始解下圍身裙。

（五八・六・臺灣文藝）

霧　幕

我輕輕推着單車向前走着。大夥房整個靜悄悄的，一間間房子木門緊閉。兩旁，橫屋有似兩排山壁，在昏昏的夜色下，有着壓迫人的感覺。四周空氣沉寂，充滿了睡意的矇矓。

黑暗裏騎了兩三個鐘頭單車，皮膚像是被風吹得失去了水分，結成了硬殼。這時站定在禾埕邊上，整個身子都是浮動着的。

下弦月正高掛在東邊橫屋背的檳榔樹梢上，彎彎細細的就像是割香蕉時用的香蕉鐮。正堂大門上，兩張破爛的五福紙隨風拍擊着門楣，拍達拍達地發着催人入夢的清音。小燈泡照出了褐色的匾額：江夏堂，斗大的黑字正對着外面冷清清的街道。

驟然面對家門，不由心胸又猛然悸動起來，卜卜地使我身上泛起痙攣似的寒潮。左邊第一間就是爸爸的臥室，媽媽和弟妹則在橫屋客廳的後面。這時候他們也都好夢方酣吧！夢中可曾見到那個不肖的兒子或哥哥？如果有，那麼，必是一場令人傷心的惡夢！我已回來，站在黑黑的夜幕之中，但是我不能讓誰看見。

老黑狗「庫洛」搖着尾巴，從我一進大夥房就默默地跟在脚邊，不時的舔我一兩下。我傷感地拍撫着牠那碩大的頭顱，就像往日夜歸時一樣。我這樣站着，許久許久。聽着父親的鼾聲，聽着東邊橫屋裏阿慶哥的嬰孩低低的啼哭聲。越站越使我心緒紛雜激動。

我不能等待平靜了。我告訴自己，我要在天亮前回去，玉英會奇怪我今天晚上沒有回家去睡覺，她會擔心害怕，她會以爲我又加夜班。想起回去，我痲木的腦筋開始活動起來，我將脚踏車依在庭前柴堆的陰影裏，然後小心地進入客廳。

書房上竹門簾已經拆去，這間書房曾是我和玉英的洞房，但在電筒光圈下，却全無新房的味道。畫屏摘掉了，連紅色的對聯紙都只剩下點點的灰色殘跡。四年多了嘛！誰說歲月洗不掉心頭的失意？家人會原諒我嗎？

門仍然鎖着，我試了試玉英給我的鑰匙，銅鎖立刻應聲而開。那麼，仍是玉英臨走時鎖上的嗎？我推開木門時，忽然肚腸絞痛，眼淚紛紛奪眶而出。

你後悔嗎？我常常自問。我也問玉英。

「不！」

玉英的回答總是斬釘截鐵，沒有一絲猶疑。玉英仍是那麼堅強不屈，這使我羞慚，使我不敢正視她的眼睛。

「你後悔嗎？」

有時玉英也反問我。

「不！」

「眞的嗎？」

「是的。」

這第二次追問却常常敎我抬不起頭來，我需要藉故做點什麼或看看什麼來隱藏心中的某種軟弱。可是玉英一向如此細心，她會眞的感覺不出來嗎？她沒有道破我的心思，但是我知道她一切都明白。

昨天，我下工回去，帶着渾身的疲倦，看着玉英和她身邊睡着的我們的兒子，心裏有着說不出該喜或該憂的感覺。那張灰紅皺摺的小面孔令人驚奇。

「我本來想起來做飯的，可是那個還不停的來。」玉英說，歉歉然地。

「妳不要起來亂動。」

「隔壁阿婆說，她姪女可以幫我們燒飯洗衣，只要給她一點錢就可以。」

「我自已來，沒有問題。」

我已經背過身子脫工作服了。她的聲音突又從背後響了起來，顫顫的令人不安。

「阿多！」

「嗯？」

「你後悔了嗎？」

玉英突然這樣冒出一句，使我一時動彈不得，呆了片刻，我清清喉嚨，然後俯身下去親了親她的臉頰。她彎起手臂抱緊了我的脖子，全身顫抖起來。

「你爲什麼不丟開我回家去呢？」

她第一次說這樣的話。

「我不死不會丟開妳。」

我也第一次發覺所說的確是心裏的感覺。

書房裏一切都保持着原來我所熟悉的樣子。從玉英下門鎖離開以後，似乎爸爸和媽媽都沒有踏進來過。長久關閉房裏發散着空屋的霉味，加上木器的油漆，更是衝鼻。新的衣橱，新的八脚床，都是結婚時爸爸給添做的，我的書還如我學生時代那樣的擺在書桌上，多只多了旁邊玉英的一個大梳妝檯。玉英臨走前一定細心整理過了。屋裏顯得如此的整齊，反而更令人感到空洞凄楚。

我不敢開燈，靜靜地站在門後等待着眼睛適應屋裏的黑暗。其實，一進門我就感覺到自己已看清屋內的一切。我不是爲了感慨才回來的，對着自己的房間，我心裏計算着，想着我們需要什麼。棉被一定要帶回去，冬衣也統統要拿走，玉英和寶寶都凍了許久了。還有蚊帳，寶寶特別怕蚊子，一叮就是一個大紅疱，而那齷齪的小屋裏，卽使是在如此嚴冬，蚊子仍不時的飛進來。

玉英出來的時候，只帶了一個小提箱。我工廠下工後太陽剛好爬上對面紡織廠的煙囪。帶着澈夜未眠的昏沉和疲倦，推開房門驟然看到她的時候，驚愧的衝激使我脫力地坐倒在床板上。我羞慚，不信，我已整整三個月沒有見到她一面，甚至連一封信也沒膽量寫給她。

「你上夜班嗎？」

她沒有責備也沒有哭泣，只是呆呆地注視着我問了那麼一句不相干的話。我發現自己已經失聲。你能躲得開任何人，但怎麼能躲得開自己呢？我張開兩臂，玉英重重地倒下來，這才開聲痛哭。

「爲什麼不回來，爲什麼不回來呢？你說呀！爲什麼不回來？」

她一聲比一聲凄厲的責問好像一把把利刃，直削刮着我的心。她的哭聲有如冬夜寒風，刺骨砭人。

「你怕回去！你怕回去沒面子，你却讓我整天對着屈辱過日子。三年來我一直都忍耐下來了，你當兵我不怪你，你退伍後爲什麼連家門都不敢踏進來呢？你這個自私沒有良心的東西！你當初說過的話全忘了嗎？」

「……」

「你要我東訪西問地找自己的丈夫，你父母不要了，你連我也不要了嗎？你說，你說呀！」

我想我不需要對玉英說明，我了解她的心思，她也了解我，什麼話都是多餘的，我只有靜靜地等待着她平靜。

初昇起的太陽發射着明亮的光線，從窗口直射進我又髒又亂的屋子。屋裏空蕩蕩的，除開一個佔據了半個屋子的大木板床外，連一條板凳都沒有。我讓玉英坐在床沿上，將我滿懷的思念和羞愧一起都透過雙唇與兩臂傾瀉出去。如果那一刻即是永恒，那該多麼美好啊！

「妳出來，爸爸媽媽知道嗎？」

她搖着頭。

「家裏都好？」

她點了點頭。

「爸爸知不知道我在這裏呢？」

「知道你在加工區，不知道你住在這裏。」

「爸爸氣我嗎？」

她看着我沒有答話。其實我連問都不必問。我們坐着相對，不知道該快樂或是該悲戚。但是，看到她的人，我渾身都滿溢着暖洋洋的愛意，使我不能再去計較任何別的事情。一切困難的問題似乎一時都顯得無足輕重了。

「你瘦成這個樣子。」她痛惜地摸摸我的胸膛，揑揑我的臂膀，她好像完全忘記了三個月來的怨恨。

「是我害得你這樣。」她又說。

我睹住了她的口，她却掙扎了開去，哀求地望着我的眼睛。

「不要趕我回家去！我不會再拖累你。」她說：「在外面死也讓我跟你死在一起，好嗎？」

我打開木櫥，探手觸到的全是涼涼的衣服。這裏面屬於玉英的不多，大多是我學生時候的舊衣服。顧不得好壞，我一件件全疊進我的包巾裏去。寶寶正需要許多的尿布！

手電筒放在床上，我兩手機械地摺疊着。有我的制服，有樂隊的禮服和球隊的運動裝。我想起了那些屬於我自己的年代，伏在桌上啃書的苦樂。不由得不興起一陣陣的迷惘。當觸手的是玉英絲織的內衣時，才能知道這種種的變化是如此的不可思議和令人難信。昨日與今日，我不知道究竟以前的生活是夢或現在的生活才是夢。如果以前是夢，那麼夢是過去了的；如果現在是夢呢？那將永無清醒的一天了。怎麼會弄到今天這種地步？是我的錯？答案是肯定不變的，誰也這樣認定，連我自己也清楚明白。可是我有別的機會嗎？玉英不會知道，我也不知道。

「我有孩子了。」玉英那天下工回來後惶惶地說。

「妳怎麼不小心嘛！」

「……」

我憂心忡忡。我們都沒有能力養孩子，我們商量過，那最少也是四年後的事。可是我知道一切怪我，我比她更不聽約束，這能怨她嗎？我只有無力地拍拍她的肩膀而已。

「我可以拿掉。」她說。

「有多久了？」

「大概四個月。」

「妳怎麼不早說？」

「我怎麼知道嘛！人家很久以前……就不正常。」

她眼眶紅起來，我沒有說話。

「還來得及弄掉。」她說。

「不！我不要冒險，我也沒錢。」我說：「要來的就來吧！」

「你生我的氣嗎？」

「傻話！」

她却哭起來了。

兩個人的生活容易混得過去。在這加工區，只要有勞力，便宜貴賤總賣得出去，準能換得了一碗飯吃。玉英從家裏出來的第三天我就替她找到了工作，在一家電子公司當女工，而我自己是塑膠廠的小領班，工作按件計酬，收入好的時候兩個人合起來有兩千多塊，最差一千塊的收入總也有的。住的是原來所租的那間木板房，玉英來後，原來與我同房的李正光搬了出去，添個鐵鍋兩付碗碟，就借着房東的廚房自炊起來。

人如果能常常退一步想，生活也未嘗不能自得其樂。我不再追悔失去的生活與夢想，和玉英兩個人恩恩愛愛地住在自己的小天地裏，不想以前，不想將來，三餐吃得飽飽的，工作完後就互相調笑。船到橋頭路自直，不是從古以來就那樣的嗎？

這期間玉英顯得很快樂，可能是因爲我表現得很灑脫。我不再理會世事，不看書，連報紙也懶得去翻。空下來沒有工作時，我教玉英玩棋子打三國，輸的下廚房或賠耳朵，我是一家之主，我要我的家快樂。

然後，小寶寶終於來了。

衣服綑成兩個大包袱，連着棉被蚊帳正好紮在脚踏車的後架上。看看庭外的天色，小燈泡只顯得更加刺眼明亮。我有足夠的時間，可以找一些能夠換錢的東西。

玉英生產費了很大的工夫，而我却只能頭幾天給她買鷄做痲油酒。以後一直都是煎兩個蛋或是五塊錢的猪肉。寶寶不夠奶水，奶粉又貴得驚人。我那一千多塊的工資眞不知道應該怎麼分配。爲寶寶準備的積蓄，在他出生那天就用光了。這些，都不是在我們玩棋子打三國時所預想得到的。躺在床上，玉英的面孔顯得蒼黃浮腫。難產又失調，她却一句怨言也沒說過，反而一直歉歉然像是做錯了什麼似的，那眼光使我痛苦和不安。這個她所投靠的男人，帶給了她什麼樣的日子？

「寶寶多像你！」玉英會說。

「也像妳。」

我常常坐在床前注視着寶寶的面孔，紅紅皺皺的，但那是一個嶄新的小生命。這就是我的兒子嗎？是我生命的一部份？我總要如此驚異地自問。然而這小小的面孔却給我一股無比強烈的吸引力，強烈到使我心胸感到發痛的程度。我知道我會不惜用生命來親近他保護他，對玉英，我又何嘗不是如此呢？這難道就是愛嗎？可嘆呵！

我沒有告訴玉英，我今夜要囘家。

父親就在隔壁房裏，他那獨特的鼾聲清楚可聞。在長長四五聲之後，他會突然停住片刻，然後是一聲更重更長的叫嘯，數十年如一日。母親很年輕時候就跟他分房居住了，直到我和玉英結婚，一直都是我跟他同睡一張床，就在這間書房裏。那鼾聲令人感到親切，我從來就沒覺得刺耳過，相反的，那種平穩而有節奏的呼嚕，常能催我入夢。

聽着隔房父親的鼾聲，我驚覺自己竟安安穩穩地靠在籐椅上，昏昏然卽將睡着。動作應該靈快些了，早點回到玉英的身邊去！我如此告訴自己。可是我竟那麼倦怠，身體和精神像都到了痲木的地步。父親，母親，玉英，寶寶，紛紛亂亂地塞滿了腦子。一個我從來不敢接觸到的問題突然由心中鑽了出來：這種局面你該怎麼收拾呢？以後就這樣子了嗎？我感到要痛哭一場了。

我愛寶寶，我越親近他我也越覺得愧對父親和母親。退伍後我沒有回來過，我怕面對他們，我沒有那種勇氣。辛辛苦苦讓我讀書，結果却是如此，我可以很眞切地體會到他們的心情。有什麼比寄望落空更令人傷心呢？

我應該叫醒爸爸！我站起來：請求他原諒我，告訴他我已經不知道怎麼收拾。然而父親什麼時候沒有原諒過我？什麼時候他不是那麼寬大？請求原諒完全多餘。沒有誰規定了我不可回家來，也沒有誰表示過不要我，羞慚作怪的不是全是自己嗎？叫醒父親痛悔一番就能解脫我心靈上的罪愆？或是安慰得了誰的心？還是能解決什麼事？

我頹然地又坐回了我的籐椅上。

「你是個該死倒霉的傢伙！」我反覆地詛咒着：「爲什麼當初不讓爸爸宰了乾淨？」

爸爸有權利那麼做！

叔叔找到我們的時候，我們已經在旅館裏躲了五六天了，他的第一句話就說，爸爸氣沖沖地發誓要宰掉我們。

「死了也清爽！」我橫着心頂過去。

「旣知今日，何必當初？現在是想辦法的時候，還要再胡鬧嗎？」

我不知道還有什麼辦法可想，弄得我有家歸不得，更是處處見不得人。而這全是自找的。

「就待在這兒別再跑開，路子一定是有的。」

叔叔上午回去，下午父親就到了。赤着脚戴着竹笠，小旅館的服務生領着他進來。面對父親，我和玉英都不敢抬頭，玉英是第一次和父親見面，不意竟是如此場合。我等着怒叱，準備着狠狠挨一陣籐條。可是我發現場面竟平靜得教人無法忍受。

「爲什麼？爲什麼不找爸爸先商量呢？」

我簡直不能相信這是父親說話，那完全不是他平日平穩堅定的聲音，我抬頭時正好看到兩顆晶亮的水珠滴落地上。玉英猛然車轉身去對着牆，哭得肩膀不停地聳動。

「你們這兩個蠢東西！」

這就是全部的責罵，然而這一句話聽在耳裏，我們所感受的，與其說是責罵，毋寧說是撫慰還眞切些。我登時覺得鼻子酸痛起來。

「怎麼你會這樣糊塗呢？我眞不相信啊！」父親呻吟着問我。

「她爸爸要把她嫁給一個老頭子還賭債，那人要來帶她，我原想暫時讓她躲一躲的。」

「唉！」父親直跺脚。

「她爸爸帶人來學校找我，我害怕了才躲起來。」

「有爸爸呀！怎麼不回來？怎麼不先告訴我？」

「……」

「你們都長大啦！不必要這個爸爸啦！」

「不！」

「你知道你們這樣一躲藏，報紙上怎麼登的嗎？」

「知……知道。」

父親嘆了口氣，低頭想了片刻，然後走到玉英身旁，柔和地問她：

「妳叫什麼名字？」

父親說的家鄉話，玉英自然是聽不懂的，她明白父親是對她說話，只有仰臉對着他，滿臉的淚痕。

「她叫玉英，她家姓柯。」我說。

「我知道她姓柯，那姓柯的老頭子早把全家鬧翻轉來了。」

「我眞該死……」玉英在旁邊抽泣地說着。

我把玉英的話告訴父親，父親只是定定地看着她。

「現在還有什麼辦法呢？」父親許久許久以後說：「你問問看，她回不回她家去。」

我問玉英。她搖幾下頭，堅定地說：

「死也不回去！」

「好！」父親看懂了她的意思：「那麼跟我們到草地的家去。我來辦這件事。」

我告訴玉英，看得出來，她突然安了心，而我何嘗不是如此？玉英先看看我，接着就暈倒在床上了。

在家隱居了一兩個月，在我們整個婚姻來說，雖然是一直躲着見不得人，却是火熱甜蜜的。這期間跟玉英的爸爸吵吵談談的終得和解，更高興的是學校經過交涉以後，把開除學籍的處分減到退學，讓我有機會轉校完成學業。一切都像是還順利，可是兵役課的紅單子下來了，這一下才是我們大家全沒意想到的，不讀書就當兵，天經地義，我成了海軍陸戰隊的二等兵。

這種結局玉英一句話也不敢說，父親也只暗暗嘆氣，只有母親忍不住要偷偷怪怨玉英害人。然而這是她的錯嗎？她不該向我求援？我不該理她？如果玉英不早失去母親，如果玉英的父親不是地頭蛇，那不是一切都好嗎？

當兵的時候我常常想，父親問得很好，爲什麼沒想到要先跟他商量呢？他不是一向愛我的爸爸嗎？是否眞大到可以自作主張了？其實，一開始我就想到向家裏求援了，我要家裏讓我們結婚，但我有着這樣的直覺，那絕無可能，父親這輩子不會有瞭解我的心情的時候。他愛我，爲了我的前途他會不顧一切，曾經就爲我註册他賣去他的耕牛，他會顧惜一個玉英嗎？他會重視我那可笑而又不實際的感情嗎？照正常的處理方法，我明白我和玉英將會遭到的命運，因此我沒向家裏求援，只是學着鴕鳥的樣子，與玉英一起將頭深深埋入沙地裏。

屋後鷄塒裏鷄啼聲突然響起，喔喔餘韻震醒了我昏昏的腦筋。我立起復又坐下，茫茫然不知道要做些什麼。父親爲什麼留着這間空書房不用呢？原來這是他睡的屋子呀！我環顧屋內，黑漆漆的却什麼都看不見。

我接到召集令當時就決定不再回家來了。玉英從沒做過農事，五更鷄啼起床的生活使她每夜呻吟到天亮。她一直咬牙忍着。

「我會習慣！」

我記得她苦笑的神態。

語言隔閡，工作辛苦，玉英苦惱，我更是心痛。牛犂握在手裏的滋味，又何嘗是我想像得到的呢！服役中每回家看玉英一次，就益增加我外出決心。並不是單爲玉英，也非單爲自已的歉疚，而是我不敢面對這現實。

玉英！我們都是軟弱無用的人，只是妳比我好一些，我忍不住深深地呻吟了，就像今天要半夜才敢歸來家門一樣。

鷄又啼了，這已是第幾次？是不是就要天亮，媽媽和妹妹就要起床洗衣服？我搖搖腦袋使自己清醒過來，手肘觸到桌面，潮潮黏黏的，用手一摸，是大片水跡，摸摸臉頰，也是潮膩膩的，那麼是伏在桌上睡着了？而眼睛却又如此酸痛，似是一直不曾闔過。我已不知道在屋裏停留多久了。我忽然着急起來，玉英定也是徹夜未眠。

我不再猶疑地拖開抽屜，翻來翻去却沒有找到一樣値錢的東西，一把舊口琴和一個破鬧鐘是我找得到的唯有的金屬品。倒是抽屜中的書信日記和相本教我不忍釋手。它們擺放在抽屜裏，一定是玉英常常賞玩整理，顯得整整齊齊的，也可以推知玉英在家單獨過的日子是多麼的寂寞了。

翻起相本，藉着電筒光亮，映入眼睛的赫然是我們第一次出遊時的合照，我不知道玉英何時放大了貼上相本的。照片拍得極好，背景是烏山頭深邃的湖水，我旁邊玉英笑得那麼開心甜蜜。那時光想起來好像不是眞實的，倒好像是聽來的或看來的一樣，老有着一層陌生的感覺。假如當時玉英能預知今日，她是否還能笑得出來？那年我高三，她在吳外科當護士，我們想得到的大概只是如何找機會聚在一起談談玩玩吧！我想起自己無時的不在計劃，同室弟兄也幫着出主意，無非都是向吳外科謊理由好請假。烏山頭之遊想起來還是醉心的，不管是眞是幻，那日子豈能再有？闔起相本，再接觸到黑漆漆的空間，不由心中惘然。假如沒有那段日子呢？自然也不會有目前的窘迫了。

我猛然記起電視上看到的那美麗的女巫，她有法力使時光倒流，回到上古夫君祖先的年代，因而化解了先祖夙仇。我多希望自己也能使時間退回去，退回到決定命運的那一夜，那麼事情可以重新考慮，絕不致再是如此結局了吧！只要自己一句話，日子就完全改樣。是否我會如此做呢？我再度翻開相本，翻到那一張照片，看着湖水前面，自己身邊淺淺地笑着的玉英，不自覺站了起來，也忍不住嘆氣。我有別的抉擇嗎？

我推開椅子走到床前，並發覺相本緊抱在胸前。我解開床上衣包，將相本擺到衣服上層，紮起包巾，突又心思一動，再度將相本抽了出來。

「這不是我們用得着的，」我低聲告訴自己。

屋外，夜風正急，風吹過屋簷，如嘯如號。我在簷底站立片刻，側耳已不聞父親的鼾聲，就算父親醒過來了，他也不會知道他那不肖的兒子就站在他門前呀。暗嘆兩聲，我走出庭外，包袱扛在肩上並不太重，我却覺得步履蹣跚。

抬頭，彎月已過頭頂，霧氣如紗如幕，濃濃地將我整個包圍起來了。

（五八・六・純文學）

黃昏

友福買回一只打火機，足足有半個煙盒那麼大，亮晶晶的，轉一轉旋鈕，還可以使火苗噴起三寸多長。這使他七歲的兒子秀水驚羨不已。當他支使秀水去餵鴨子時，他竟跟父親談起條件來，他要父親先將打火機讓他玩一次，以便看看那呼呼怒嘯的火花。友福心中很不痛快，他懊悔先不該在女人和孩子面前逞那麼一下，以致惹起這許多麻煩。甚至，他想到把鴨子都宰了下酒。不過，他終於默默地將桌上的打火機交給了秀水。

「啊哈！」秀水樂得臉孔都扭曲了。他驚喜地喘着叫着，兩手握緊了那亮晶晶的盒子，兩個拇指一齊撳着開關，卡答卡答的按個不停。亮光一閃一閃的，在昏暗的屋子裏顯得有些刺眼。友福靠在破籐椅上，兩脚高高架起，一面吞吐着煙霧一面靜靜地瞧着秀水那喜壞了的神情。

在屋子的那一端，友福的女人在剁着猪菜，啵啵啵單調的聲音充滿了整個屋子。火光的閃爍影響了她的視力，她突然的發起脾氣來了。

「現在你們兩子爺玩得到飯吃啦？等着啊！看晚上你們要不要吃飯！」

對女人的咆哮，友福聲色不動，那尖銳的聲音唯一的功效只是使秀水撳着開關的手指不敢再往下壓，友福則將那懶洋洋的目光從兒子身上收回，再轉向黑黑的屋頂。藉着門外黃昏的光線，他可以看清楚那蛀蟲蛀朽了的屋樑。早該動手換根新樑了！他想到。而且記起那根還寄放在製材所老新昌那兒的丈六材料。

「上次做樹山伐木材後已快一年，不要老新昌忘掉了才好。」

他想着，閉上眼睛還能感覺到木樑不規則的輪廓。隨卽他又將這些從腦裏抛了開去，深深吁口氣，伸開放鬆了身體，舒適得他連連嘆氣。

「這時還管這些事做什麼？塌就塌個徹底吧！」

幾十年的老屋，從他有記憶來就已是如此模樣，除開初來的那些日子，以後他就一直沒有仔細看過，半輩子生涯，好像不知不覺就在這兒過去了。當初跟母親過來的時候的情景都還清晰的記得，日子就這麼滑過了幾十年，平靜嗎？也夠平靜，可也不是全然沒有變化的。記得大門口有三株大苦楝樹，也有半片桂竹園，已經記不清是那一年跟父親合力廢了竹園的，現在門口已是大片水田，一年可蒔兩次稻子，想起大熱天挖竹根的悶頭，似乎爸爸媽媽的影子還在眼前晃動，經過了這些日子，苦楝樹和竹子全已不見，而父母的風水，前年他才找到地方築成。

「喂！妳今年幾歲啦？」友福突然開腔。

他等着，但是半天沒有人回答他。

「我問妳呢！老三八。」

「你吃太飽沒事做嗎？」那邊剁猪菜的停也沒停，回答的聲音顯示出火藥味很重：「或是要替我做生日呢？」

友福絲毫沒有掛懷，他眼睛迷迷矇矇地瞪着屋頂，依然心思飄飄渺渺地沉迷着。

「妳嫁給我的時候幾歲？妳還記得嗎？」

女人猪菜剁得更快更響，她發現友福有些瘋瘋顛顛，就決定不再理他。其實，友福也不等她回答。十八歲，半大不小的，他清楚記得她的模樣，自然不是身邊這樣的黃臉婆。

「二十多年了，我一直就想讓妳過好日子，可是只是妳辛辛苦苦爲我賣命。我竟這樣沒有用，……」

那邊的呆住了，一菜刀下去正正的剁在手背上。

「啊……壞啦！」

女人這一聲尖叫，使友福跳起老高。他看見秀水楞楞地呆在面前，臉色鐵青。

「燒到了指頭？」

很快他就發現到女人那血淋淋的手掌，她坐在矮凳上，右手握緊了左手，鮮血正從指縫中沁出，一滴滴的往地上滴落。友福察看了一下傷口，他看見刀子斜斜從拇指直割到食指，手背的刀口，又長又深，像嬰孩的嘴巴一樣。他扣緊了女人的手腕，心裏暗暗的發着毛。

「看妳做事，七老八十了，還不知道留心。」友福一面埋怨，一面扭過頭去找秀水：

「還憨憨的在做什麼？快去拿一支葫蘆罐胃散出來。」

秀水被父親喝醒，急急的才知道活動，他很快的跑出廳子。女人則一直沒有開口，她心裏正迷惑着，她覺得眼前這個人有些陌生起來，結婚後二十幾年她還不曾聽過他的一句好話，爲什麼好端端的突然冒出那麼一句呢？她直覺的感到不祥和不安。她知道男人近來心情壞，他喝酒抽煙，一改往常的習慣。但她不爲這憂心，過去，她也經過同樣的情形，不要多久就可以恢復正常。她了解男人的本性不容他荒唐，他是個篤實儉省的人。可是，她發現這次的情形似乎比她想像的還嚴重，先是那打火機，隨後是那些沒頭沒腦的問話，不由她不擔心起來，使她手痛都沒有感覺到，想罵他幾句更無法開口。

「妳捻緊不要動。」友福大聲吩咐，一邊迅速地從牆角衣籃上拖出一條汗衫，三下兩下地撕成了布條：「怎麼會剁到手的嘛！」

「還不是你害死人！」

女人這才惡狠狠地咒罵，好像急急地想將心中的不安藉機驅去一樣！

「我看你已經反常，大概要死啦！……」

話才出口，她更覺着不祥，忙着住口看着傷口。秀水跑囘廳子裏，友福接過葫蘆罐，用牙齒咬去了瓶塞，一下子就倒出了半瓶。厚厚地敷在傷處，等血濕透胃散後，又再敷一層，一連幾次，然後才將布條小心地纏上。秀水眼睛睜得大大的，望着手忙脚亂的父親連眨都不敢眨一眼。

太陽很像元宵節遊神時的大燈籠，又圓又紅，正正地浮在大門外的檳榔樹葉底下。天氣實在已不再熱，秀水却發現父親一頭汗珠。可能是爸爸太強壯怕熱吧！他猜想着。反正每次看見父親時都一樣，不管在田裏工作或桌面上吃飯，爸爸總是一身汗珠的。倒是母親也一頭汗珠，這令他大惑不解。

友福粗手粗脚地纏繞着包紮傷手。看他額角青筋突現，滿頭流汗的情形，女人倒眞有些恨自已不留心起來了。儘管平日惡聲惡氣的成了習慣，眞到事情到來，沒有什麼她不肯替代他的。她時時刻刻地關注着他，也不知怎麼的，她會忽然想起秀水出生時的情景，人家說第三個出來最容易，她倒嫌秀水來得太匆忙，沒有陣痛沒有顯明的預兆，半夜裏她將友福喚醒時，秀水剛好開聲，看他慌張失措地照着她的吩咐做這做那，她忘了自己的痛苦，倒像自己做錯了什麼似的，就像眼前這種情景一樣。

「你到底怎麼不舒服呢？」她小心的試探。

「我怎麼啦？」友福奇怪的反問。

「瘋瘋顚顚的，讓人憂慮！」女人說：「剛才你說什麼了？」

「哦！沒有什麼。」

友福好像魂魄又散開了。他爲女人檢去幾片沾在圍身裙上邊的猪菜碎葉，扶她坐到原先他所靠的破籐椅上。女人似乎也受了他的感染，覺得飄飄忽忽，時光已退回許多年前去了。他們一同看着偷偷往大門外溜的秀水，誰都沒有出聲。

「妳剛來的時候，友德也才像那麼大吧！」

「那時友德好像還要小一點呢！」

「友德一直是乖巧的。」

「他像媽媽。」

「他已經長大了！」

可不是嗎？友德已經長大了，他已能夠自立，再也不需要這個牽着他的手，看他長大的哥哥嫂嫂了。去年底爲他完婚，今年初就分了伙，想到友德和他的婦人，她就忍不住要跳脚大罵，不過，這時她居然能感覺到男人的寬大和風度，覺得眞不値得計較，是男人眞給了她影響？或是流過這許多鮮血後使她沒有精神冒火？實在分不清楚。然而，那種枉然和失意的情緒是她能清楚感受到的。那是被自己所信任的人所欺騙和愚弄後的心情。她更能體會到男人的心情了，那定比被打兩嘴巴更難受，甚至連生氣都不能夠呢！想想有時還要拿他出氣，女人不由得十分不忍，偷偷瞟他一眼，她看見男人正對着大門外的夕陽發怔！

「我初到這裏，也跟秀水一樣大小，我跟着母親一同嫁到這個家來。」男人說：「一直到現在。」

太陽光反映在他臉上，女人靜靜的注視着他，她不知道男人小時候像不像秀水，她知道的時候他高大強健，像一頭水牛牯一樣，那時她在營林局做工，他是那兒的工頭，很多姊妹們勸她別答應他家婚事，都說他是拖油瓶，將來指頭沒名指尾沒姓，她會吃苦後悔。二十年都已過去，他們沒有餓死，以後呢？總也可以過去吧！她搖搖頭站起身，心裏想着晚餐得分享一杯男人的米酒，人有時也得放開一點，她得學學男人。

「妳要做什麼？」

「猪菜不剁，晚上猪吃什麼？」

「等秀英回來剁吧！」

「秀英摘阿六哥家菸葉你又不是不知道，只怕天不黑不放工。等到幾時？」

「雲英就快放學了嘛！雲英也可以剁。」

「你不要沒心肝，她回來還要割幾紮牛草。」

「要不，」友福無可奈何的站起來，懶洋洋的：「我來剁吧！」

「算了！割破那麼一點皮還死不掉，你少打岔就功德無量啦！」

女人坐回她的矮木凳上，很快，啵啵啵啵的屋裏又充滿了菜刀剁到砧板的那種單調而又有韻律的聲音。友福站了片刻，走到大門口往外望望，然後仍回到他東邊的寶座，意興索然地把玩着秀水擱在桌緣的打火機。

「你那打火機花掉不少錢吧？」女人忍不住發問：「三十？五十？」

「一百五十……」友福淡淡的說：

「什麼？」剁猪菜的停下來，不信的瞪住男人的眼睛又問：「一百五十塊錢買一個打火機？」

友福避開了女人的眼睛，乾脆仰靠到椅背上抬頭探查屋頂上朽腐了的屋樑，可是屋頂早已先被暮色罩住了，曲扭的屋樑輪廓已不可辨。

「……老猴呀！一百五十塊錢可糴三四斗米呢！你眞的顚起來了嗎？你……？」

可不眞顚起來啦！友福自己心裏也暗自發悶。平素連四塊錢一包紅盒舊樂園都捨不得買，竟然一下子交出一大把鈔票給鐘錶店的火生，而且到現在都毫不覺得痛惜荒唐，一切似乎都不再有意義，好像再沒有什麼值得關心。他忽然爲自己的變化感到憂愁了。他沒有辦法這樣活下去。都是早上聽友德的話，從那以後他就混身無力。

「這個畜牲！」他切齒地迸出一句，身子氣得僵直。

「什麼？」女人大聲反問。

「哦！沒什麼！」

他像失了力的，身子又癱回到椅子上。而且心中有些羞愧。他並無意責罵友德。但他也知道友德差不多已搗碎了他的心了。

他並無意買打火機，他在火生鐘錶店裏閒坐，他經常有空時就在那兒和幾位老鄉友聊聊天。今天早上他慾了滿肚子氣在那兒悶坐，當他擦火柴吸煙時，火柴擦斷了五六根都沒有劃出火來，口裏菸頭又濕掉了，滿嘴又苦又辣，他大叫一聲將菸盒火柴一併給摔到馬路上好遠的地方。他知道自己一定脹得滿面發紫，一時大家全在注視着他。

「試試這個看看，非常靈呢！」火生從櫥中拿出那個打火機送到他面前，卡答一聲火苗已經冒出，再用拇指撥撥底下旋鈕，竟然呼呼的噴出好長火燄：「比火柴方便得多呢！」

每一個人都試了一下，無不嘖嘖稱奇。方便就買吧！打火機就這樣到了他手中。他並不後悔花了那麼一大筆錢，那是他出來的時候順道到農會去提的，原想邀火生一起上酒家去喝一攤，既然錢已用掉，也就算了。

紅玫瑰，幾乎二三十年沒有再涉足一步，突然地他老懷興起，覺得迫不及待地要大大荒唐一陣子，以便消磨心懷中那種鬱悶的情緒，弟弟友德那尷尷尬尬的神情令他極端地不舒服，擱在肚裏老有着想嘔吐的感覺。整個早上他分不清是憤怒悲哀或是失望。當友德吞吞吐吐地說話時，他有着摔他兩巴掌的衝動，外表上他仍一如平常那樣若無其事，然而他背在背後的手指骨頭都幾乎擠碎了。這就是他養育了二十年的弟弟，看他臉上一點都不笨，爲什麼竟會愚蠢到這種地步呢？

他甚至想哭都哭不出來。本來他已答應替鄰長阿七哥犂菸田，可是臨時決定取消，實在他覺得混身倦怠，什麼事對他都已失去了意義，甚至連要叱責友德幾句的精神都沒有。跟誰也沒提及，跨上單車他就決定要找火生去。火生從小跟他一道長大，是他交往得最深的唯一的朋友。

「我阿姆死時友德才五歲，我歎息阿姆辛苦一輩子，就留下我們兄弟兩個，我沒敢虧待友德。我後爹老實說也沒偏心。我問心無愧……」

火生叫來幾樣大菜，就在鐘錶店後他們喝了一個下午。他忍不住將許多心事都向火生吐了一個暢快。火生沒安慰他却也沒有打岔，讓他傾吐得淨光。這些話全不能讓女人曉得，女人心地本來就窄，而衝突早已白熱化，勸說都常覺費力，那還敢火上添油嗎？可是太多東西塞在胸腹之中，難道就沒有爆發的時候嗎？

「我們養他育他，本來就沒存什麼心，不是嗎？」

經常他總是這樣勸慰女人，而自己何嘗不是以此自慰？女人總算還有些理智，雖然滿心不服，有時也還能將許多難於入耳的話收起來。他並不怪女人發火生氣，對友德夫妻，畢竟她又隔遠了一層。

分炊後猪欄鷄圈先讓了出去，接着田地也全交還了友德，他眞不願意爲此傷了兄弟和氣，這樣子表明自己的心跡難道還不夠明顯嗎？他只有一個弟弟，其他的又算什麼呢？然而昨天吃過晚飯，那女的來找他，說是屋子要翻修，不夠房間做倉房。產業到底是後父留下來的，是他李家的東西，自己終究是外人。

「憑良心說父親眞好，沒有他也沒有我今天的日子。」他不時的搖頭嘆息，愈煩苦時愈是念念不忘。

只有這一點，女人無比信服，也是唯一在她氣頭上可以一時鎭住她的。老人家是她心中最敬愛的人。聽到他的嘆氣，女人不時搖搖頭表示看破，有時一聲不響地掉頭他去，只有最平靜時才會跟他談一兩句關於老人家的事。

「父親全沒有偏心，我剛來的那些日子，他對我眞好。說眞的，當初不是看他那麼疼愛你，我還不嫁給你呢！」

「只可惜父親去世太早。他死時秀英才滿月，算來也十多年啦！」

「可不是嗎？如果他能活到現在，那婦人家也不敢這樣目中無人了。爸爸一向都說將來兄弟不分，什麼你都可以得一份。」

有時他也反問女人：

「妳眞想要分他李家的財產嗎？」

女人答得爽快而且理直氣壯：

「從他五歲起就撫養他到討老婆，就算我們是他李家的長工吧！一輩子賣力也可以分他家一份家產才對。」

骨肉到底不是主僕，說什麼他也不會去跟友德爭搶，只要友德知道這個哥哥的心意，就是離去這個家也不需計較傷心，但是他却發現到自己正沉陷在絕望和頹喪之中。

「你怎麼會有錢買打火機呢？」女人的聲音在他耳邊響起。

「我從農會領出來的。」他說。

「你領了多少去？」

「兩百！」

「那麼，那裏只剩下九百元了。」

「沒有。那天還了雜貨店的賒帳，只剩下三百塊。另外幾十塊錢利息。」

女人呆然半晌，用力地搖着頭，忍着怒火很久沒有說話。

「也好，猪欄是不蓋了，不養猪更好，我樂得清閒自在。」最後，女人自言自語地嘮叨着。

「還想蓋猪欄？人都快沒地方可去了。」友福暗暗地想着。却沒有說出口來。他不理會弟媳昨天的話，女人是知道的。只要弟弟能容他，弟媳外人，他根本不屑理會，可是這天早上友德的話却是女人沒法知道的，他也不想告訴女人。他已決定要離開這個窩了。而且，他明白這個決定已整整遲了十八年。

「前幾天上埤圳的人開會，是不是說水埤今年要請你管理呢？」女人冷冷的問着，好像不關自己的事一樣，其實她心裏在計算着，儲蓄旣已用去，總得設法找回來：「管理一季水埤，可以得到半年多伙食。」

「嗯！」友福未置可否。

「阿七哥也說過這季稻子要包給我們做，大家都要努力。」女人比較溫和起來了：「阿七哥早上跟你說過吧？」

「剛才我回來路上碰到他，他要我管理埤圳並包他的田蒔，我……」友福看了女人一眼：「我回絕了他。」

女人聽完刀子一丟，突然全面爆發了。她罵着咒着，帶哭帶說。友福則亂紛紛地用力吸着煙，他好像沒有感覺到女人的怒火，他整個心都爲友德那句話而充滿了悲憤，那句話因着女人的尖聲大叫一次又一次地刺激着他的神經。友德那忸忸怩怩的神情也教他受不住。

「阿哥！莫理那婦人家。」友德說：「房子……我們現在用不着。」

友德從兩方衝突後一直沒有開過口，他們兄弟都沒曾表示過意見。田地交由他去耕作時，友德歉歉然的，但也沒有推讓。那本是後父留給他的。他有應得的權利。可是爲什麼友德不能一直閉着他的嘴呢？只有那麼一句話，使得自己心血白費，他明白自己已經沒有弟弟了。

友福覺得很孤單，他想起了母親和後父，想起過去大半輩子的日子，這些，都要拋去了，此後的歲月，那才是眞正他自己的日子。他突然地感到女人叱責的聲音親切可愛起來，他知道自己的決心是對的了。

「……你說，你說說看，田沒得耕，工作你又不做，我們大家要吃什麼？你說呀！」女人哭叫着衝到他面前，直直地盯着他問。

友福緩緩抬頭看了女人一眼，然後舉手輕輕地拍了拍女人的肩臂。女人像觸了電似的僵住片刻，懷疑地舉袖拭淚，再仔細看看面前的男人，可不正有兩條淚水從他眼眶裏往下流着嗎？她身子一軟就攤在男人懷裏，失聲痛哭起來。

「妳家裏那片山埸還荒在那裏，媽媽那天不是說過那兒有塊空地可蓋間房子嗎？」友福問。

女人使勁地點着頭，現在她明白一切了。想着自己惡毒的咒駡，心裏又是不忍又是害怕，她眞的第一次害怕咒言眞會應驗。她哭着，越哭越覺得澈骨痛心。

秀水從大門口探頭進來，很快地又縮了回去。他心跳得很快很慌。看一看山頭，太陽已整個沒入，他忽然想到鴨子還沒有餵呢！

（五八·一·中國時報）

夜歸人

誰？

女的聲音有些模糊，却也透着些許憤怒，還夾雜着驚悸的味道。

「誰？」

女的聲音高起來，驚悸的情緒突然顯現出來了。她已走到門後邊，可以猜想出她說話時一定推緊了木門，將耳朵靠在門縫間，門後邊有支三寸方木條，這時可能已抓在她手中了。

「到底是誰呢？半夜三更……」

「小聲點好不好！我嘛！」

「你？你是人是鬼！」

「幹妳老母！妳老公的聲音都聽不出來啦？」

門後面的聲音沒有了，門外男人等着。路燈照在他半邊面孔上，顯着十分不耐煩的色彩。男人身材相當的高壯，這時看着却像混身軟棉棉不帶半點力氣，背微駝着，就好像連脊椎也鬆散開來了。他的小包袱擺在門檻上，一手支着門框。許久，却沒有聽到開門的聲音。男人試着推了幾次，每次都嘀嘀咕咕地。那臉色是越來越僵硬了。

「幹妳老母！」

男人最後輕輕罵了一聲，彎腰提起包袱。就在這時卡答一響，門栓被拔脫開，木門鬆開一條縫，男人順勢閃了進去。門在身後關起，男人丟開包袱，用脚勾過屋角的籐椅，然後重重地坐了進去，整個身子就都癱在那裏了。

女人背靠着木門，一動也不動地注視着椅子上的男人。她的神情很奇怪，鬆散的亂髮底下，眼光閃動不定，顯示着不知所措的心情。不過，從她那抿得緊緊的嘴角向下弓着的弧形，可以明白看出女人的意志，那是自信和堅定的。可能是男人僕僕風塵和憔悴的模樣使她驚奇，因而使得她壓住了脾氣。她的臉孔稍長些，下巴尖削，眼簾略略浮腫，但在燈光下，並不難看。

「睡死了一樣，叫半天都不醒。」

男人懶洋洋的彎身脫鞋，很快房中就發散着一陣中人欲嘔的氣息，女人皺緊了雙眉，一臉的厭惡和無奈。男人自顧自的脫鞋脫襪，然後站起來脫下外褲，脫下襯衫，往籐椅靠背上一擱，就伸手去掀開蚊帳。兩個孩子正睡得甜甜的，男人看了片刻，面孔慢慢回復了血色。

「從旗山走回來，足足走了一點鐘。」男人說着在床沿坐了下來：「累死啦！」

「你不去洗洗嗎？」

女人的話並不親切，她仍然站在門後，從男人進來後她就沒有移動過。

男人這時才抬頭看向女人，對女人的神情，他好像一點都不覺奇怪。他繼續的注視着，女人轉頭看向白壁，嘴角抿得更緊，下頷微微撓起。

「怎麼呢？看到老公那樣不高興嗎？」

「……」

「既然這麼討厭，怎麼又要叫人帶口信給我呢？」

「先去洗洗脚吧！」

「吵醒了那老狐狸討厭。」

「你怎麼可以這樣罵我媽媽！死人！」

「本來就是老狐狸！」

「死人！死人！」

「我不見她，我情願自殺。」

「她到下莊阿姨家去了，阿姨孫兒做滿月。」

「妳怎麼不早說呢？」

男人怔了一下，然後大聲地打了幾個哈欠，淚點漣漣地歪倒在床沿，仰臉向上躺了下來，四肢關節好像就在這一刻鬆開來了。

男人不住地發着舒服的輕嘆，率性連眼睛也瞌上了。

「累死我啦！」

女人頓了頓脚，回身開門走了出去。房裏男人雙手彎曲過來墊着後腦，他側着頭往蚊帳裏看着。兩個孩子一邊一個仍然睡得那麼香甜。均勻的呼吸聲輕輕地起落着，細細的，牽動人的睡思。女人的枕頭在兩個孩子中間，白色的枕套夾在兩堆烏雲一般的長髮中，顯得格外刺眼。女人有潔癖，什麼都要乾乾淨淨。

孩子躺着，看起來已經很長。肚皮上裹着被單，睡態就如她們的母親，安穩又規矩。看着孩子，男人覺得無比平和舒適，他忽然高興自己回來的這個決定了。

女人在大鍋中加滿水，然後蹲到灶口取柴生火。柴木是上好的乾相思樹，灶中一會兒就跳躍出陣陣藍光。女人木然蹲着，光燄照射着她的面孔，一陣紅一陣藍的顯着一種不安定的色彩。

丈夫回家來，不高興嗎？倒也沒有這種感覺。不過，也說不上高興，只是有些緊張，更加上無比的意外。

幸好母親不在家！

「這老狐狸！」

男人切齒的模樣在火光中突然跳出。

「不要這樣！」

「老狐狸！」

「請不要這樣。」

母親再不好再不講理終究是我媽媽，男人的蠻横執拗令人怨恨。事實上，她知道自己沒有眞正生氣的意思，從來就沒有過，有也只是爲了男人沒有顧慮自己。而且她也眞氣男人一走就一個月沒有信息。有時她也盼望男人會突然回家。她還是愛男人的。這樣想起來使她微覺對母親歉疚。不由她搖頭嘆氣。

男人的模樣更清楚地在火光中跳躍。但那不是目前這個落魄疲憊的男人。那是如此鮮明如此歡悅而且充滿活力。

從來招贅就很少有好到底的。阿姊十九歲那年出嫁，母親只有她們姊妹兩個女兒，父親在戰爭的最後一年被征派到南洋去，她出生時已經沒有父親的信息很久了。而且也就一直沒有誰再見過他。大姊應該招贅，姊夫那邊却說什麼也不肯，而大姊有了三個月身孕。母親非常傷心，那時她才十五歲，她已決心要做一個好女兒了。人家都說大姊傻，誰知道當時大姊不是用詭計呢？

如果當時男人再堅持呢？她這個好女兒還做得成嗎？恐怕也要步大姊的後塵吧！男人家庭是窮，兄弟也多，但還不致窮到需要做人家贅婿的程度。母親曾經以死相脅，她也以服毒相敵。男人低頭了，以爲一切就此解決，從此可以過幸福平安的日子，她家有一些田產。眞沒有想到贅婿難做，母親的處處提防掣肘，演成了今天的這種情況。男人要偸偸摸摸回家。當時又怎麼能想像得到呢？對男人，忍不住也要覺得歉然。可是這時候她什麼也改變不得了。男人數次想帶她出去，她已不想離開這個窩，卽使是因而與男人分手也無可奈何。

母親希望着她快生一個男孩子，她自己也想要有一個兒子，就是男人又何嘗不想要一個男孩子呢？當然她和男人同樣地明白，假如有了兒子，一個接繼母親這邊煙火的後代，那麼男人在這個家庭中的地位，更要顯得無足輕重了。母親的心願是不希望她再生第二個兒子，那頂着父姓的兒子將是一個不受歡迎的痲煩的創造者。自從母親和男人感情交惡以後，母親甚至不諱言她對男人和那個根本不見踪影的孫兒的感覺。對這件事，她一向不想也不願理會。可是男人對於她的靜默却極爲不滿。

「沒想到妳跟妳那母親是同樣的貨色。」

「胡說。」

母親是私心稍重。母親是頭腦稍頑固。母親是不甘心自己的財產與外姓人同享。而她和男人是相愛結合，她知書達情，男人對她說這種話令她氣憤難平。

唉！沒有母親就沒有這麼多討厭的事情了。她這樣想，忽又覺得罪過。仔細分析一下，她發覺自己眞有這樣的意思，不論因爲何等理由，她確實不想要多生孩子。現在她有了兩個女兒，兩個姓父姓的女兒，女兒將來要嫁出去，只要再一個，再一個兒子就夠了，而第一個兒子是要頂自己的姓氏的。只要再一個！她不時這麼想。是不是她也像母親一樣存有私心呢？不！絕不！但是再想一想似乎無可否認的，母親確實已給了她某些影響。這樣一想她感到無比的慚愧起來。自己眞不是那樣的人啊！

她並不是完全不關心男人。當然男人變了許多，他執拗懶惰又骯髒。使得她的感情冷淡下來，甚至於時時的要怨恨生氣。男人一切都是有意的。雖然她知道不能完全怪他，仍然覺得無法諒解。

如果男人永不囘來，母親會逼她再招贅一次。她對男人雖然缺乏愛情，但絕未想過離婚。生活的習慣上她不能沒有男人。因此，男人賭氣離開了家庭，她跟母親也爭執了很長一段時期。現在，男人囘家來，不知該憂該喜，也不知道事情是不是好轉。最少，今夜是平靜的。幸好母親不在家。

女人再走進房間時，男人直挺挺地仰躺在床頭，兩手交叠墊在腦後，老早就睡熟了。女人猶疑了一下，拖開衣櫥，將男人的內衣褲找了出來，然後輕輕拍着男人的肩膀。

「醒醒！起來吧！」

男人警醒地翻身坐起來，兩眼連連眨動着，一時睜不開來。

「輪到我的班了嗎?」

女人將衣服塞進他胳臂下。

「醒一醒吧!去洗個澡。」

「唔——」

男人突然又鬆散開來,順勢又想歪倒下去。女人手快,一把扶住了不使躺下。

「水已經燒好啦!」

「我好累,免了好嗎?」

「一身汗,不洗怎麼睡覺?」

「拜托!明天一定洗。」

男人哈欠連聲,但是他的精神却好像慢慢恢復了。

「去!洗完身子舒服,睡得爽快。」

女人的話已經顯出了女人的味道。男人無奈地套了拖鞋站起身來,錯身時順勢就在女人胸前抓了一把,女人使勁往旁一偏身子,並使勁朝胸前的手擰了過去,不過男人縮得很快,待要發作,男人已經一歪一倒地踱出了房間。

水的溫度是熱了些,潑到身上覺得陣陣痲痲辣辣。幾乎整整有一個月沒有洗到熱水澡了,熱水潑着，眞舒服到了極點。

「幹他老母！這才有點像人過的。」

男人暗自想着。

由早班轉大夜班，有一日一夜的空檔，正好又剛剛領得工資，在工人宿舍睡了半天之後，他突然決定回家看看。

狡兎有三穴，現在他弄得穴穴難留。

父母雖然健在，但是兄弟分家後各奔一路，父母處已無他安身之所。他自己的家裏他却如同外人，使他常覺如住旅店。這就是做人家贅婿的處境了。眞是悔不當初。

一個人最大的缺點就是心地太軟，太容易說話。這樣那樣一向他都很順着女人的心意，這原因一方面固然是不忍傷害女人的心，另一方面則是他心計不深，在小地方女人確實比他週密太多了。女人家有五分雙季田，有間店房出租，還有五六甲山林，在他來看已是一筆不少的產業。女人別無兄弟，大姊出嫁已經失去承繼家產資格，這些產業在他們夫妻手中經營，應該可以過得相當不錯。婚後他並無他心，女人也相當溫順，但是他漸漸發覺到女人的母親對他存有戒心。聽說很多贅婿在婚後拐了女人也拐了財產，他跟女人越親蜜就越使丈母娘害怕。結果他的身份不是主人，却恰如長工。

好男兒不住外家邊。何況是外家的產業。要改變就得趁年輕，環境得自己來創造。他初中畢業，身強力健，做個工人總是有人要的。到時女人跟不跟他出來看她自己，就是要各自婚嫁也得趁早。

想起來容易，事實却困難得多了。離家一個月，幾乎無時不想女人想孩子，如果不是爲了一口氣，老早就丟開工作跑回家來了。絕不能失敗回來。

工廠是新成立的鋼絲廠，他是第一批工人，經過幾天學習後他就成了領班。工資每天三十五元，三個月後提升爲五十塊，以後每半年調整一次，吃工廠住工廠，什麼時候有能力成立一個新家養得起妻女呢？

工作不能丟開，日子總得過下去，他每期買兩張愛國獎劵，有一天日子總會改善。工作很苦，累了就倒頭大睡，反正一起工作的人全都一樣。

同鄉的同事問他要不要回家，看人家得到假期的歡樂模樣，令人十分羡慕。他觸動了他的鄉心，使他忍不住想要回家看看，就是看一眼也好。

今天還的日子太好了。

房裏他的枕頭擺在女人身邊，女人躺在那裏望着屋頂在發呆。把大女兒推到床裏邊，男人傍着女人身旁躺了下來。女人移了移身體給他空出半個位子。

「幹妳老母，剛才我叫門半天，爲什麼不開呢？」

「你爲什麼一跑三十多天？也不跟我說。」
「爲了免得人家趕，最好我自己先走。」
「誰趕了你嗎？」
「妳不看榕樹埔的老古錐，老後不是被老婆兒子趕去當廟公睡破廟！」
「那是他老不正經，又要飲酒又要賭博嘛！怪得誰？」
「幹妳老母！我看了就是害怕。妳們母女兩不是好人，不要將來把我剁碎了餵豬母。」
「死人！你三十天就學了罵粗話嗎？」
「本來就是那樣的嘛！」
「每個人都不相同，就是媽媽也不會那樣絕情。」
「呵！未可知哩！我賣力肯做牛當然就要我，假如一病倒或是要喝喝酒，怕不會比老古錐好多少。」
「誰不好比，比那老古錐，你怎麼不看看劉文發，人家多好？」
「劉文發命好，他老婆好多了。」
「嫌我不好，那又回來幹什麼？」
「回來看看我老婆有沒有想老公。」
「像你那樣子，死掉我都不想。」

「妳看！妳看！我還沒有老就那樣子了，還說得那麼好聽。」

女人輕笑一聲翻身以背對向男人。

「那你就去蹲破廟算了。」

男人沒有說話，只使勁地將女人拖過，同時一隻手在女人胸前摸索起來。女人口中發出厭煩的聲音，但是並沒有阻擋男人伸進衣服裏去的手。

「李永忠的妹妹也在加工區工作，她有沒有找到你？」女人問。

「如果不是她來找過我，我還不回來呢！」

「工作很苦嗎？」

「還好。」

「我托她帶了兩百元，你收到嗎？」

「拿到了。」

「你沒有錢怎麼出去的呢？」

「我借了兩百元。」

「我不知道你住在那裏，聽李永忠的妹妹說過才知道的。」

男人沒有說什麼，突然將女人摟得很緊，女人輕輕地喘了起來。

「你還要去嗎？」

「你要我走嗎？」

「誰管你走不走。」

「我不想去。眞的。」

「那就不要走好了。」

「妳媽媽明天回來，我還是走好。」

「你眞要離開這個家嗎？」

「我也不知道。」

女人不響了，男人嘆了口氣，他偏過頭吻了吻女人，女人在流淚。男人用手指替她拭去淚水，一面狂吻着女人一面伸手往下摸索，女人突然推開了男人的手，男人很執拗。

「不行。」

「現在不行。」

男人沒有理會。

男人全身僵住，慢慢平躺回去。抽回墊在女人脖子底下的手臂，男人一聲不響翻過身子，拉起被單一把連頭一起蒙得緊緊的。

「幹妳老母，妳們母女兩這一生就不想讓我稱心。」

女人默默地聽男人在暗自嘀咕，她任由淚水自雙頰流落，許久許久不見男人動靜。

「我不是故意的。」女人說，但是她發現男人已經睡着了。屋裏靜悄悄的，只有呼吸聲此起彼落，沒有誰聽見她的話。

（五九・十・臺灣文藝）

老友

朱吉明突然來訪，我眞感到滿心欣喜，一方面是老朋友見面不易，再方面是我這時候正煩悶着，而且，很久來就想着要向他請教有關打嗝的事情了。這位醫學士目前在北部一家有名的醫院當醫師，見了面我總喜歡跟他談談病情，像我這麼一部破機器般的身體，大小毛病實在是太多了。不過，老朱的回答十次裏有九次含糊不清，我不清楚究竟是他的職業習慣使他那樣的呢，或是他眞的特別愼重。只見他側着頭皺着雙眉沉思着，口中咿咿唔唔的，或問兩個問題，說出幾種有類似症狀的疾病，然後，總是沒有結論。至於他偶爾所開出的處方，更常令人啼笑皆非，有一次我溜冰跌倒，手腕扭了筋，又腫又疼，向他請教後，這位醫學士却給了我老祖母的方子：老薑烤熱後蘸酒推擦。奇怪的是我身體一有異常，最先仍然是想到他，雖然說是總沒有結論，但經他這麼一攪，倒也能就此心安理得，不再疑慮。我想，這並不是他具有說服力或是懂得心理學什麼的，主要還是由於這些毛病都要不了命吧！不過，我相信憑這一手漂亮的表演，一旦老朱開起診所來，一定會生意興隆的，因爲至少他看起來是那樣全心全意的樣子。醫生就是忙些。朱吉明每封信都要歎苦，像他那樣喜愛玩樂的人，失去了生活上的自由眞夠他受的了，想想過去一同調皮搗蛋的人，弄成今天這樣一年難得囘鄉一兩次，比較起來，自己可就幸運得多了。

「不是節日又不是星期天，你怎麼突然跑囘來呢？」

「我已經離開臺北二十天了。」

「怎麼？你眞的辭職不幹了？」

「唉！已經不是小孩子，失去了說不幹就不幹的權利了。能不幹倒眞好呢！」

「你不是說沒有一點生活的樂趣，成了機器了嗎？」

「選的這一行，你又能希望過什麼生活呢？」

「你不喜歡當醫生？」

「不！我喜歡。」

「那你囘來做什麼？」

「呀！那個，我是教育召集啊！」

我和他都一同大笑起來。

一陣低沉痛苦的，夾纏着哀叫和怒吼的悲鳴聲音，隨着微風斷續的從窗口塞進來，我和老朱坐在書房裏，兩個人都把脚高高蹺在茶几上。陽光明亮而又柔和，照着窗外扶疏的鳳凰樹，再看過去，居高臨下，是一片廣濶的稻田。遠遠聳立在雲霧中的，是南部最高的南太武山主峯。

「那是什麼聲音？」

「沒有什麼。」

「你眞沒有聽見嗎？」

「或許是風吹竹叢，竹子的聲音吧！」

聲音沒有了，只有鳳凰樹樹葉輕響着。

「我怕聽人家呻吟。有一次，一個小男孩開刀後發熱，我去察看，小孩子眼睛瞪着我看，隨我用盡了方法，就是不能使他開口，我不知道他什麼地方不舒服，只見他那樣痛苦的呻吟着，還咬着牙抑制着不想出聲，問着問着，最後我哭了。」

「你眞哭了嗎？」

「我沒有掉眼淚，也沒有人知道，但是我心裏哭了。沒有道理，可是那低低的、絕望和恐懼的呻吟聲使我激動。也只有那一次。或許是那天我的情緒不穩定吧！」

「小男孩死了嗎？」

「兩個禮拜以後他就出院了，走的時候好像什麼都忘了一樣，急着要坐計程車。」

「也許不久你就會習慣，便不會再掛意了。」

「那或許可能，我就看見外科主任對病人的呻吟顯得非常不耐煩。」

「眞沒有感情，有人說醫生冷血。」

「其實這可能是有感情的表現呢！爲人家難過，却又一時沒有辦法，只有逼着自己不去想、不去聽了。」

「你是不是也可以學學這樣做呢？」

「我倒眞怕有一天自己也變成這樣哩！」

那低沉的哀呼聲又響了，斷斷續續，若有若無的。朱吉明突然顯出緊張的神情。風吹起來，鳳凰樹誇張的搖擺着，枝葉飄動的響聲壓過一切。

「你眞沒有聽到嗎？」

「聽到什麼？」

「好像是誰在呻吟。」

「我倒希望沒有聽見呢！這兩天我快被逼瘋了。一下課回來就得忍受這種鬼哭神號，弄得我作文都沒法改。」

「人家呻吟你埋怨，看來是敎書的人冷血。」

「我相信你們外科主任是有道理了。」

「誰病了呢？」

「山坡上的阿元伯。」

「菓園裏的那個吝嗇阿元嗎？」

「不是他還有誰。該死！」

「可憐的老東西？」

「啊？」

「不可憐嗎？孤孤單單一個人，兒子一個個拋下家庭不顧。」

「天知道。」

「那已經很久了，我們去偷摘他的那拔、連霧，還有什麼？」

「楊桃。」

「他一直就那樣孤獨。」

「喂！你知道嗎？」

「什麼事？」

「你不應該去當醫生。」

「哈哈，沒有道理。我還想出國去再學呢！」

「美國嗎？」

「美國。實習醫師考試已經通過。」

「什麼時候走？」

「希望二年契約一滿就能動身。」

「有問題嗎？」

「陳秀菊。」

「她反對？」

「我家裏反對。陳只有高中畢業，家裏認爲配不上。」

「但是她乖巧又漂亮，絕對是賢妻良母。」

「謝謝你。」

「爲什麼要謝我。」

「我的親戚朋友沒有一個人對我說這種話。」

「不過，說不定他們才對。」

「不！陳秀菊除開沒有大學文憑，樣樣都好。」

「你們結婚有人會阻礙嗎？」

「阻礙倒也不會，也沒有人能阻擋得住我。只是……」

「還有什麼只是？」

「我如果結了婚，出國的事可能就吹了，我不會再有那種雄心。」

「你叫陳等你幾年，不是也可以嗎？」

「在這種情形之下，你如果是秀菊，你等嗎？」

「恐怕不會。看到陳，我也會叫她另作打算。」

「我是出國好呢？或是跟秀菊結婚？」

「倒是魚與熊掌了。」

「而且，我選的是外科，到時是不是還可以分在外科部門還不一定，這是我最掛慮的。」

「其實婦產科也不錯，很賺錢。」

「我選外科，最主要是外科可學的東西比較多，婦產科雖然賺錢，研究的範圍畢竟只是那麼一小塊地方，再多問題也有限。」

「還是下棋單純，你還敢不敢讓我八子？」

「我最近非常煩惱，什麼都玩不起來。」

「你乾脆就不要再想出國的事，不去有沒有損失呢？」

「我總覺得空空洞洞，還有太多東西……」

阿元伯那淒切的呼叫又擠了進來，這次是淸楚而又緜長，聽起來似宰猪時的悲嚎，又似九月風吹竹叢發出的哀鳴。感受上，使人覺得像心臟被誰猛然揑了一下一樣，一口氣抽不上來；又像乍聽誰用指甲刮玻璃，令人難受。我忍不住咒罵了。

「他沒有權利這樣的。該死！」

「阿元伯怎麼會用那樣的聲音呻吟呢？」

「你說那是呻吟嗎？他根本是在鬼叫，用盡力氣叫苦，好像我們誰都欠了他一樣。」

「他病得很厲害嗎？」

「天知道，聽那樣的聲音，應該是最最厲害的病無疑了。」

「其實眞正病重的人是很少呻吟的。」

「你願意去割開他的喉嚨嗎？」

「我倒想去看看他。」

「去看那個老吝嗇鬼？還是算了吧！」

「你爲什麼那麼恨他呢？」

「他吵了我很多天，嚎得我六神無主。」

「是麼？」

「主要，是那個老頭子吝嗇得不合情理，你沒有聽過老古人家說：情理不當氣死旁人嗎？」

「沒有。」

「三個兒子有兩個根本不回來。大的回來了，父子却像仇人一樣，你提防我我提防你。你知道他爲什麼哀叫得那麼難聽嗎？就是叫給他兒子聽的，他兒子沒有回來的時候，躺在床上像死人一般，哼都不哼。」

「我也不喜歡他那個寶貝兒子，記得我們小時候他就是吃喝賭的不務正業。」

「現在也差不多。阿元伯主要是逼他請醫生。」

「怎麼？到現在還沒有請醫生看過嗎？」

「早先那個浪蕩子還給他熬熬草藥樹根什麼的，現在完全置之不理了。不過也不能怪他，阿元伯他像怕賊一樣，什麼都不敢交給他。」

「也可以自己去找醫師呀！」

「我就是這樣跟阿元伯講過了五六次，這老吝嗇鬼口口聲聲沒有錢。」

「那也要想辦法啊！那麼多菓子。」

「你眞以爲他沒有錢哪！很多人都說他有十幾萬閒錢存着，就是不知道存在那裏。」

「我不太相信。憑他也能？」

「好！你算算看，每年荔枝賣二萬多，芒菓去年聽說賣了一萬，楊桃那些每年零零星星賣的恐怕也不少，像他那麼省，幾十年來，我想十多萬元還是最少的估計。」

「究竟他是爲了什麼？捨不得用還是不讓他的兒子知道他有錢呢？」

「天知道！死了不給兒子給誰？我可沒那麼大頭，爲他出錢請醫。」

「我還是去看看他。」

「別忘了你是外科的。」

「我是外科兼內科、皮膚科兼跌打損傷科。」

「那種人！他不會感謝你的。」

「我們小時候偷過他不少東西。」

「他也給我們不少苦頭吃。你記得老師罰跪的事嗎？」

「我跳水溝逃走時脚上曾撞了一個大洞，現在還有創疤作紀念哩。」

「他圍籬笆的刺竹刮破我一條新褲子，害我一個星期天天只穿內褲上學。」

「不過，認眞想起來，還是你最可惡。有時候我覺得跟你做朋友很不合算。」

「胡說。」

「我跌破脚那次，是你把風。阿元伯來的時候你也不叫一聲，自顧自跑到遠遠河堤上去看，我在楊桃樹上，差一點就被捉到了。」

「我是嚇呆了，你不知道阿元伯那樣悄悄地沿籬笆掩過來時，臉色有多難看多怕人。」

「半爬半跌逃到河堤上，你不問我脚痛不痛，一見面就問我摸了幾個。我當時居然沒想到要揍你。」

「他給孩子們很多恐懼的回憶，現在的小孩子一樣的愛挑弄他。」

「但是他也給了我們很多樂趣。」

「你眞要替他看病嗎？我帶你去好了。」

阿元伯的菓園依舊是舊時模樣，就是菓樹長得更高大茂密，已經成了一片菓樹林了。從我家屋後上坡，不遠就是一間古老磚房。磚房過去整個小山丘都綠油油的，綠樹靑草。

「阿元伯病了很久嗎？」

「倒下去大概有兩個月了。」

「這兒已顯得荒涼。你相信預兆嗎？」

「鳳集河淸，天下太平。」

「奇怪，一點道理也沒有，我就是覺得很淒涼，心裏茫茫若有所失。」

「你聽！」

哎——喲！我要死了——

「他簡直用喊的。」

「這就是你感到淒涼的原因了。」

「不單單是爲了這個，這一切看起來都含着憂愁。」

「沒有道理！」

「我就是這麼說嘛！」

大門虛掩着，推開門，就是一股霉黴味衝鼻。屋角八脚木板床上，阿元伯直挺挺躺在那兒，乾癟瘦小，却挺着一個顯目的大肚子。屋子裏潮濕黑暗，木板床是黑漆的，棉被和人都是黑褐色的，只有高高的小窗子上，透着一股活生生的陽光。

「醫生！請醫生！我要死了。」

「阿元伯，你看，醫生來了。」

「啊？是你！醫生來了嗎？金寶去請的嗎？」

「金寶不在家嗎？」

「告訴醫生，找金寶要錢，我沒有錢，金寶有。救我，我好難受。金寶有錢。」

「阿元伯，我不會要你的錢。你放心。」

「不要錢嗎？眞的嗎？」

「眞的，不要你一毛錢。你還認得嗎？」

「你？你不是醫生嗎？」

「我是！現在，手伸出來。」

朱吉明按着阿元伯的手脈，站在床前，臉色凝重而專注，這又擺出了一付職業面孔，跟坐在我書房中隨便而又開朗的老朱是多麼不同。我不知道自己站在講臺上時，是不是也顯得道貌岸然，一付酸夫子模樣？那將要多麼可笑呢？

「把上衣掀起來，我看看你的胸脯。」

「我難受，心肝都被束得緊緊的。」

「這裏痛不痛？」

「痛！」

「這裏？」

「痛！全身都不好了。」

整個過程中，我沒有能插上一句話，老頭子哼哼唔唔地呻吟着訴說着。朱吉明耐心又仔細地檢查探問。

「肝有腫大的現象。阿元伯，最好你去大醫院檢查，如果是肝炎，還可以早治療。」

「啊呀！要住院我沒有錢哪！」

「阿元伯，性命是不是更重要的呢？」

「我眞的會死嗎？」

「很危險，你一定要聽我的話，到大醫院去，那裏設備好，可以把你治好。」

「不！我不能走。」

「你沒有錢？」

「金寶會把菓樹園賣掉。」

「你能看得住多久呢？」

「我不想死。你不給我藥嗎？要不要打針？你說不要錢的。」

「我會給你送來一些藥，可以減輕你的痛苦，但治不了病。」

「那已經夠好了。」

「這樣對你沒有什麼好處。」

「我還是不去住院。」

「阿元伯，一個人不能樣樣都顧得到，有些東西我們帶不走，就要抛得下來。」

「不！我還有很多事要做。」

「好吧！你自己去決定。」

離開老屋，朱吉明大步往前走，像逃走似的。連頭也不回。

「愚蠢！」

「是癌症嗎？」

「很像，也像肝炎。但是在他，沒有區別。」

「我很氣他。」

「如果你碰到愚笨到不能教的學生，你怎麼辦？」

「你說的，一個人不能樣樣都顧到。我還有其他的學生。」

「你說得對，或許我不應該再作出國的打算。」

「也可能你該走走才對。」

「我只不知道要如何對陳秀菊說。」

「還要半年多，你會想得出來的。」

「也許。我該走了。」

「什麼時候回臺北去？」

「明天早上。」

「等下叫金寶到我那兒去取藥。」

坐在摩托車上，老朱顯得心事重重。畢竟我們的童年已經不再存在了。我也想起了桌上那一堆堆的作文和試卷。

（六十・十・臺灣文藝）

靜海波濤

大師去年設了一間畫室，就在他們大夥房裏，左廂橫屋的最後一間，原來當倉庫用的，擺放着牛車犂耙鋤頭等雜物。大師畢業後返鄉來，在本鄉國中擔任美術教師，雖然說是鄉下，却也收了十多位門生，所以畫室也就很有必要了。過去，學生來上課時，畫架就架設在牛車和雜物之間，將每一個可用的空間全部佔用，大師來往通行指導很覺不便。最近，大師的父親看到兒子胖胖的身體老是扭屈不停由畫架與雜物之間鑽來鑽去，終於同意將倉庫空了出來，將牛車推到屋外樹蔭下，然後把整個倉庫油漆了一番，裝上玻璃窗，掛起橫豎的幾幅寫生風景畫，居然也滿有格調的。有了畫室，自然也得有一個稱謂，要對外招生也顯得大方，孔子都說過了，名不正則言不順，言不順則事不成。大師找我幫忙，我是義不容辭的。

有了大名鼎鼎的八德園、綠舍等等寫意派的畫室在前，我們覺得還是從地名方面着眼比較能雅俗共賞，可惜農村缺乏高雅的地名，聳立一方的高山名叫月光山，一名金字面，那麼叫「月光盧」？太俗！「金字園」？銅臭味太重。想來想去，既然有月，又剛好美國太空船降落寧靜海，何不現代一點，就叫做寧靜海，寧也就是靜，乾脆省作「靜海」，不也很合潮流嗎？春節期間借着鄉公所會議廳開了本鄉有史以來第一回的畫展，到暑假招收兒童班時，靜海畫室的名聲已經相當能驚動本鄉的地方父老了。

「大師」這樣的稱呼固然是因他學美術，而且在這方面也有才氣，同時「大師」又諧音「大獅」，在我們鄉下的方言裏，「大獅」是懶惰好睡者的代稱。尤其常用在母親和妻子的口中，來責備愛玩不肯用功的兒子或是貪睡懶覺的丈夫。我們都這樣稱呼他——大師，自然跟他肥胖的體形有關。

在靜海畫室裏，暑假中有兩班學生，一班是十幾個純由國小學生組成的兒童班，另一班份子可就雜了，有農會職員，有國小老師、高中學生、鄰近的兩個木匠，還有我這個情屬同事免收學費的弟子。

我不是個認眞的好弟子，只是在星期天野外寫生時才揹了畫架跟在大家後面趕熱鬧。我們騎了摩托車，兩兩相載着，男男女女的成羣經過街道，看到我們的裝扮，鄉下人無不瞠目側視。大師領頭，旁若無人。

我們常到小火車專用的鐵橋底下，遠遠可以看到糖廠高高的煙囪，突出在遠山之上，河水清澈見底，鵝卵石的河床中間，有一叢叢搖曳着白花的蘆葦。在巨大的橋墩蔭影下，畫架一個個的支起，水彩顏料把自然的風光變成扭曲怪異的點線符號，布滿了一張張的畫紙。

「你們看，糖廠的庫房和煙囱應該是主題。要表現水泥和鋼鐵的建築，用色要大膽，有信心，把那種堅實的感覺构畫出來。」大師右手拇指和食指揑着長長的畫筆，左手抱腹，上身後仰，側着頭指點着。

我們忙着擠顏料。

「線條要乾脆清爽，與河水樹叢線條成對比。」他說。

我全心要整修我那根傾斜的煙囱，可憐的工廠，竟有那樣子的一管煙囱。

「盡量運用你們的感觸，光，色的感覺，比如那座庫房的屋頂，在翠綠的樹叢間，那色彩看起來……」大師斟酌着。

「黑黑的。」我頭也不必抬就知道，我正在運用我的感觸。

「事實上，顏色在這麼強烈的陽光下映入我們的眼睛，所顯示出來的色調，比實際明亮多了。」他繼續說：「你們再注意，煙囱底下靠近河岸那一棵盛開的鳳凰花，在藍天綠樹中顯得多麼鮮美，……」

「黑得發亮。」我說。

「你不要用你色盲的眼睛來看世界好嗎？」大師回頭對我笑着：「讓你一看，世界太醜惡了。」

「看看我的畫。」我說。

「唷！我的天！怎麼回事，一團漆黑，這是什麼世界嘛！」

「是我的感觸啊！我試着不憑想像去着色。」我說：「我當然知道鳳凰花是鮮紅的，但從我這兒看去，就是這種顏色，淡淡灰灰的。」

我自然知道自己不是一塊可造就的料子，不但色盲，又不認眞上課，就這樣時斷時續的，浪費着顏料，大師搖搖頭，無可奈何。

我不知道什麼時候他們兩親近了起來的。常常的我覺得自己不但對色彩感覺不敏，就是在感情方面也是痲木的。等我發覺情況有異時，大師跟我們繪畫班裏的邱小姐已經形影不離了。

靜海畫室一向就是一個令人愉快的地方，我下班後常常要拐個彎跟大師一同到那兒下兩盤圍棋，或者隨意聊聊天。兩罐甘蔗水，五塊錢臭豆腐，下午四點鐘，田裏農夫還正忙得滿身臭汗，我們已經安坐在畫室中，脚架在桌子上，把一些自以爲是，而且沒有人願意聽的謬論隨意發表，沒有一樣與現實生活扯得上邊的。我們在學校都屬沒有鐘點費可拿的專任老師，一個月二千元，但專任教員却也有好處，每週二十小時課，其他再沒有我們的事了。

邱小姐在鄉農會做事，雄商畢業，人很爽朗大方，談吐風趣，愛笑也愛叫，像痲雀，笑聲尖尖脆脆，在大夥兒學畫的同學當中，風頭出盡，常常由這個畫架轉到那個畫架，鮮艷的黃色洋裝飛來飛去，像蝴蝶，尤其跟大師相戀之後，臉上時刻都發散着逼人的青春氣息，有另一種風姿。

在我們年輕人中邱小姐人緣很好，雖然她跟大師經常形影不離，但是大夥兒氣氛仍然融洽，邱小姐似乎能牽住每一個人的心。我喜歡敲人家竹槓，白吃白喝，有生以來第一次聽到，也第一次被罵得哭笑不得，邱小姐叫我作「蝗蟲」，眞是豈有此理，可是除了苦笑還眞不能生氣呢！

有一點我倒是不久就感覺出來了。邱小姐跟長一輩的人似乎合不來。大師的父母越來越冷淡，到後來甚至對她敵視的態度令我不安，我不清楚究竟是邱小姐進進出出從不跟大師的父母打招呼在前，或是大師的父母先擺出拒人千里的面孔。總之，情況十分不妙，果然，在暑假結束前，大師的父母狠狠的訓了大師一頓，明白的表示不要邱做媳婦。大師發了一場脾氣，邱小姐就不再來畫室了。畫室頓時顯得冷清許多。

開學前，學校暑期輔導課結束，我一下閒下來不知道做什麼好，也就成了畫室的常客。大師却顯得相當消沉，畫兒不畫了，總是拖着我下棋。一會兒要持白子一會兒又要持黑子，可是一直輸着。

「邱現在怎麼樣了？」我忍不住問他。

「她說想辭掉工作到臺北去。」

「家裏仍然反對嗎？」

「我煩得要命，不知道怎麼辦才好。」他嘆着氣。

「其實也很簡單，看你自己有沒有決心。」

「說起來簡單，要做起來就不容易了。」

「這是什麼時代了嘛，你又是受過高等教育的人，還受不合理的約束！」我有些火。

「恐怕也就是因爲我受過教育，考慮得太多吧！」他說：「我父親從小對我們姊弟的管教就很嚴。」

「嗯！確實令尊很有當父親的威嚴。」我也感覺到了。大師的父親對別人雖然很客氣，但是對大師總是不苟言笑，可能從小就是這樣慣了。

「我還記得國小時，有一次玩得太高興，兩頭牛全跑去偷吃人家的甘蔗我都不知道，被人直接牽回家裏來找我爸爸問罪。」大師搖頭笑笑：「如果不是鄰居救得快，我爸爸那根扁擔一定會把我打死。連告狀的人都覺得不好意思起來，不過偷吃了半行蔗苗。而我還是他的獨生子哩！」

「不通人情，頑固愚蠢的典型。」我憤憤的說，當然不單指大師的父親。

「聽說我祖父也是這樣子，可以說是傳統了。」

「不致於說你現在還在怕他吧！」我吃驚的瞪着他看。

「當然我怕！」大師說。

「沒出息！」我忍不住笑了。

「不是你所想的那種害怕！」他也苦笑着。

「我實在不懂。本來很簡單的事情，只要你能拿定主意，邱能跟你同心，還有什麼阻礙？」

「邱也有她的困難。」

「她不肯嗎？」

「那倒不是。」

「又是家庭壓力？」

「邱的家庭很開明，在這種鄉下很少見。她的家人都很好。」

「你說有困難？」

「邱是一個十分現代化的女性，一向自由慣了，我們這個家庭，不可能容得下她。」

「這不能成爲理由吧！大家學習容忍，誰天生有這種本事的呢？」我不以爲然。

「兩方感情已經搞壞，我父母對邱印象很惡劣。」

「沒有挽回的可能嗎？」

「我父親表示要跟我脫離父子關係呢！」

「盲目憑自己的好惡來約束人，你應該據理力爭嘛！再不然，公證結婚。最後我相信他們還是會諒解的。」

「要想有結局，只有出臺北去，離開家什麼問題都解決了。我有同學在廣告公司，前幾天還寫信來。」

「逃避不是男子漢的行爲。」我說。

「我學的是藝術，老實說出去才有我的事業。」他說：「同班同學已經很多很有成就了，在臺北接觸多，刺激也多。」

「唔！這似乎也是正路！想想今天在鄉下拿的待遇，去賺一把也不錯。」

「金錢當然也是追求的目標，那家廣告公司答應給我六千塊錢，比目前的薪水高許多。寒假時我去工作過一個星期，原則上還不離本行，設計包裝紙，工業社會裏，學美工的本來就要做這些工作。」大師說：「不過，我的興趣還是繪畫，有什麼工作比我現在更有時間去滿足我的慾望呢？內心裏，我還是留戀學校的工作。」

「逍遙自在，我恐怕淵明先生也沒有辦法吃臭豆腐喝可口可樂。」我說。

「所以，出臺北實在不是我的本願！」

「那就把邱丢開算了，又不是除了她就沒有女的了。」我說。

「追求理想，過自己適意的日子，這難道就沒有價值嗎？」他沉思着我也默默地看着他。

「邱像解語花，能看重我的理想，滿足我今天的工作，更重要的，跟她在一起我沒有一點拘束，不必虛假，她能容忍我的一切，所有的缺點和習慣。」他說：「我很難捨棄她。」

「搬出去租屋，過你們的生活，人們會諒解你們。」我慫恿他。

「就在這家鄉跟父母分居?辛辛苦苦把兒子送進大學，畢業回來才娶媳婦就不要父母了，鄉鄉的議論就會使我父母羞愧死，這太失他們的面子了。」

「頑固不化，不是自找的嗎?」

「我總覺得對他們不公平。我不敢，也不想這麼做。」

「我不懂!」我嘀咕着。

「我總要想像着我這麼做之後我父親絕望的神色。我要反抗的不是他，我要對付的也不是他，我們眞正的對頭應該是他所表現出來的那種古老頑固的想法，受着那由來已久，世代相傳的巨大力量在推動着。那才是我恨深的敵人。」

我唯唯的聽着，心情突然沉落下來，我不也屢次嚐受這種痛苦嗎?有多少人被這股力量指使推動而不自知呢?人人都自以爲是。大師和我一同看着棋盤上縱橫黑白的棋子沉思着。

「你要我去試試說服你父母嗎?」最後，我問。

「恐怕沒有多少用處!」他說。

「總比不試好吧!」我說。

大師要我第二天他到高雄去以後進行。我在家裏想好了很多話，然後壯着膽氣上靜海畫室。

雨季還沒有過去，像梅雨天氣，雨絲從前一日下午一直不停的下着。大師的父母，財潤伯夫婦都在家裏。他們陪我在畫室談天，我還沒有開始遊說，他們倒十分急切的想利用我去勸導大師。這麼一來，我準備好的說辭全部用不上，使我爲難，但是，我却也很想知道他們反對邱的最重要的理由。我依附着他們，數落着大師的不是。

大師的父親財潤伯沉默寡言，大部份時間都由財潤伯母在講話，他們都是樸實規矩的耕田人，現代文明思潮在他們身上毫無影響，除開耕好田地，其他都不是他們所關心的了。

「怎麼會有那麼愚蠢的人呢？」財潤伯母說：「那樣三三八八的狐狸精也看得上眼。」

「任我們怎樣去勸說都不聽話，沒有用的子弟，看來將來要倚望他沒可能，我要拿出決心來了。」財潤伯搭着腔：「明明是屎，也要吃。」

「其實，」我說：「邱小姐人也不壞，我們一同學畫圖，看起來很乖巧的。」

「鍾老師，不是我們心硬，這也完全是爲他們好。」財潤伯母說：「我們原先也考慮過，但是，不行！」

「我問過兩處神，也替他們排過八字。沒有一個地方說過好的。」財潤伯說。

「拿這種事去反對，恐怕很難使人心服，現在很多人都已經不再重視這些了。」我說：「你們也不必過份相信，多問幾處，總會有說好的。」

「你注意到她的面頰嗎？顴骨高高的，十分剋夫。我看了很多的例子，沒有一個不準的。」財潤伯母又說。

「這也是屬於迷信方面的理由。相貌長得好壞，誰也無奈何，照這麼說，你們看邱小姐屁股圓圓大大的，不是也有宜男之相嗎？」

「好吧！」財潤伯母說：「這些事情放下來不講，我們講得現實一點。那子弟一個月拿多少錢呢？夠他自己花用嗎？那女人你也知道，文不能文，粗不能粗，當個臨時雇員，她自己以爲多了不起了！將來拖死我們那個死笨子弟。」

「好壞那麼大了，都三十歲快到的人，他們自己會考慮，當父母的給他指點一下，聽不聽由他去。」我說：「他不會不知道。」

「我們娶媳婦不要被人取笑，粗就要粗到田裏樣樣來得，文就要文得徹底。有個安定的工作，我替她洗衣服都甘願。」財潤伯母說：「他那裏還分得出好壞呢？」

「今天的生活，靠一個人拿薪水養一家人，是很困難的。有很好的對象，幾次人家幫忙介紹，」財潤伯顯得很苦惱：「他就是不理。」

「這大概就是人家所說的緣份也不一定。」我說。

「哼！什麼緣份，被那女人迷掉了魂魄了，鍾老師，你不知道她有多會撒嬌呢？」財潤伯母說：「她來學畫，那裏眞心要畫圖，『老師，這樣對嗎？』『老師，我要你幫我修修嘛！』看了眞恨不得把眼珠都挖出來摔過去。」

「我瞭解你們的心情。」我說：「不過，我們反對他的最大原因應該是爲了他好，希望他一生能有美滿、幸福的生活，是不是？」

「那當然。」他們同聲回答。

「如果他只跟邱小姐在一起才覺得幸福，並不計較其他，我們是不是還反對呢？」

「我們當然反對！」他們臉上都有不豫之色。

「我的意思是說，逼迫得太緊，恐怕反而害他做出對自己不利的事情。我常常跟他在一起，近來他相當煩惱。還說過想丢掉工作到臺北去哩！」

「要走就走，我這個做父親的人都做不得主張了，率性由他去，就當兒子死掉，賠了十萬塊。」財潤伯說得很激動。

「如果事情一定會演變成這樣，大家面子反而不好看。」我說：「讓我們大家婉轉勸勸他，眞不聽，再另作打算。」

「鍾老師說得對。你不要動不動生氣，孩子有話都不跟你講了。」財潤伯母責備着丈夫。

「那妳要怎麼樣，由他去胡鬧嗎？」

「請鍾老師幫忙解勸，別的女孩都可以，只要不是姓邱的那女孩子。」

「你們很恨她！」我說。

「你沒有看見她的態度嗎？瞧不起人，我們都是沒有智識的粗人，當然她看不起。你看她進進出出，連看都不看我們。」財潤伯母憤憤的說：「我們能要這種媳婦嗎？」

「不要她我們還有兒子，娶她來，我們連兒子都沒有了。」財潤伯說着，夫婦都有黯然的神色。

「鍾老師，拜托你勸勸他！」財潤伯母祈求着：「邱小姐無法在我們家生活，我們的家庭會破裂。」

我們的社會本來就是這樣，從古到現在一直沒有改變。我爲大師悲哀，誰能告訴他該怎麼辦呢？同時我也爲眼前的二老難過，這場仗勝敗他們都不好受。他們的反對已不只是自己的好惡，我能感覺出他們心內的恐懼，這是他們的錯嗎？我再也坐不住了。

匆匆離開畫室，很覺無所去從。忽然很想見見邱小姐，於是彎路直駛農會大樓。邱很意外我突然出現，但她顯得很高興。在她笑容後，似乎我能感覺到一絲絲憔悴的神色，當然，也可能是我自己的錯覺。

「蝗蟲來了，請我吃冰去。」我說。

「哎呀！鍾老師，你怎麼老記在心上嘛！我不過開一次玩笑，眞是……。」她不好意思的笑着：「走，我眞請你吃冰。」

農會大樓冷冷清清，邱小姐陪我到大樓對街的小棚子底下，我們要了青草茶。

「我剛從大師家出來。」我說：「看到他了嗎？」

「跟老吳上高雄去了。」她說。

「聽說想到臺北去？」

「一走了之，比較清心。」

「大師呢？」

「他在這兒不是過得很好嗎？」邱淡淡的說。

「你們……」我試探着問。

「留一段回憶也很好呀！」

「眞放得下來？」

「我似天上一片雲，偶爾投影在你的波心，你不必訝異，更無須歡喜……」邱瀟脫的唸。

「……在轉瞬間消滅了蹤影……」我說。

「是不是這樣最好呢？」她問。眼光直直的盯着我。

我想告訴她我在大師家的談話，但是又覺得那不但多餘而且俗氣。所以不由得輕歎一聲。

「其實我也想了很久。」邱沉吟很久，小心的說：「本來是想求一個平靜愉快的日子，沒想到反而弄出許多風波，使得大家心裏添了不少煩惱。勉強下去，絕不可能讓我們有平靜的生活。信不信由你，我沒有自信跟他的家人一同生活。在他們面前，我有手脚都無處擺放的感覺。你想，我能長久忍受下去嗎？」

「如果搬出去呢？」

「我不想太虧待大師，還擔不起罪名哩！」

我無言以對。默默地喝着青草茶，品味着微帶澀味的草葉芬芳。

「看來是我白操心了，妳比我想像中更堅強，也更無情。」我苦笑。

「也不見得！」邱突然眼眶發紅，低着頭說：「要不然，我也不會急着想逃開，丟掉家庭、工作，到那人地生疏的地方去入工廠當女工了。」

「何必呢？妳可以不去。」

「我也但願我能不去啊！」

我靜靜的看着她，忽然辦公廳有人找邱小姐，我陪她橫過馬路，送她回農會大樓，然後回到原位喝完我的青草茶。

我想上高雄去，摩托車最多一個半小時，只是怕找不到大師。其實，即使能找到他，我又跟他說什麼呢？以後，應該少上畫室了，我心裏難過。

繪畫班已經結束，或者應該去畫室把畫架搬回來。忽然我想到我留在畫室的那幅畫，大師說他要留着紀念，也就是在鐵橋底下，以糖廠爲主題的那幅全面灰黑的寫生畫。簡直是開玩笑，即使我有嚴重的色盲，我也知道遠樹翠綠，鳳凰花鮮紅，拿我對明暗的感覺，塗上正確的顏料，我仍然能畫寫生畫。但我試着憑我不正常的感觸去塗抹，太眞實了反而成了一片灰色的世界。算了，何必多想？有時候不妨用想像去生活，誰曉得怎麼做才對呢？

忽然我很想釣魚去。

（六二・十・臺灣文藝）

送行的人

太陽斜斜地掛在前面的天空，光熱却依然夠強。熱氣從地面上蒸起，汗珠沿着額角流下。眼前看見的，儘是一片光的世界，夾帶着一絲絲隱約的陽燄。路面燙脚的泥土，鬆鬆地，隨着我們走動的身形，捲起一陣陣黃色飛煙。斜斜地越過路邊的稻田，吹向山底。

大地靜寂，脚步零亂的落地聲蘷蘷地擾人心神。沒有哭的行列，也沒有送行的隊伍，伴着我們四個人的，是身旁漆得通紅的香杉棺木。再後面，四個緊緊追隨的是等着接班的伙伴。路很長，夠走半個多小時。小婦人壓在肩上，走久了也顯得眞沉重。嬌小的軀體，平平穩穩地躺在木棺中間，我們四個人抬她，不是出嫁的坐轎，不是蛇咬了出去看醫生，我們是將她扛到路的盡頭，牛山的塚埔去。

汗水流過脖子，穿過衣領直流向肚凹裏去。沒有誰開口說話，我們都不是專門替人扛屍的，可是七八天裏，我連扛了兩次，兩個年輕的女人，半瓶巴拉松——農藥。

可憐的小婦人，一件發黃的粗布白被單蓋着，兩三處大塊補綻，近我身旁幾塊銅錢大的污點，赫然是紅色的血蹟，就是她最後嘔出的心血？血色褐褐已近淡黑，底下露出的棺木却通紅鮮艷。

我們全是鄰居，零散地分住在這狹長的谷地裏，總合起來也不過十幾家，好事壞事全脫不了關係。七八天前，有福哥家的愛哭妹來叫幫忙，我們扛走了廟裏的那個年輕的小尼姑。我們是賺了工錢的，一個人三十元，白板釘就的箱子，長長地，方方正正。也沒有人送行，幾個老尼姑在後面遠遠地跟隨着，裝出毫不相干的模樣。我們放開腿向前半跑，哄哄嚷嚷地像在趕熱鬧。路邊老婦人帶着孫兒放牛，拉拉扯扯地躲向竹叢的後面，小橋底下幾個玩水的小鬼，驚叫一聲向四方逃開。

「莫怕莫怕，我們扛的是臘肉。」狂阿番一路見人就耍戲着高叫。我們的確都很輕佻，大家不住用毛巾拭汗，嘴巴全咧得大大。

「年紀輕輕什麼不好做？當尼姑！」

「我早知道不是什麼好貨色——吃農藥，多幾條命也死得掉。」

「死害人，扛得一身臭汗。」

「莫嫌啦！三十元一下午，不壞。糧草貴，多幾次我也照扛。」

「阿彌陀佛，佛祖要怪你。」

「眞可惜，隨便嫁一個老公不比這要強？」

「怎麼？你捨不得？我們不扛了，索性讓你揹回去好吧！」

哄然笑着往塚埔跑。小尼姑，外鄉人，在塚埔燒成了灰燼。毛巾全濕透了，汗水仍不住地流。現在，我們將妳，阿桂，也要埋進土裏去了。白薄板和紅香杉，我們却誰也沒有心情再開腔說笑。

「他媽的，怎麼這麼熱？」狂阿番又在嘀咕。

天氣其實不比昨天更熱，我想是他心裏太沉悶。說眞的，我們誰不是想到便悵然難過呢？一年十二個月，她，阿桂跟我們大家在一起的日子幾乎有六個月，突然地，我們就扛着她上山去了。她家裏只有她嫂子春香挑着三牲祭品走在前頭。她兄嫂照規矩不能送她。她娘家一個傳話過來，忙着分不開身。也是的，死都死了，來又有什麼用？何況兩家早就交了悪，早就看破了呢！春香眞爲她哭腫了眼睛，兎死狐悲，其中甘苦，也只有她們自己才能眞正了解。至於那老新丁，她的家官，整天都低着頭。去他媽的老不死，假疼假惜，我們鄰舍全瞎了眼嗎？想到他，我忍不住詛咒。香杉棺木是他防老的，倒眞捨得讓給兒媳婦！我可寧願裝的仍是他自己而不是阿桂。雖然，他要重得多，我仍會有心情說幾句笑話。

阿寶，遠遠在外島，就算他接到電報馬上回來也趕不及來送她，他只有到墳前去哭弔了。凶死的不能留，老新丁，他爸爸的主意。眞的！吃農藥，倒有多重大的傷心事想不開呢？她應該想想阿寶，他再半年就可以回來，忍忍不就過了？而且這種日子已經挨過了兩年多，眞的就挨不下了嗎？

不是人過的日子，我知道。我們大家換工做活，除開蒔田割稻，做菸葉工作也照例包一頓午餐。我們每一家都輪着吃，只有做她們劉家的工作各自回家解決。

「眞難爲他的兒子媳婦過得下。」我阿發他媽媽說的：「山裏竹筍出來，三餐是竹筍，薑出來吃薑，幾個月不知油腥味，唉！省也不是這樣省的，聽說不時的還撮點鹽下飯呢！」

十多個大男人做工，桌中心一大碗的蘿蔔乾，兩大碗黃澄澄的大麵，蕃薯葉子是白煮的，連盤鹹魚都沒有。我聽說過，加這兩碗大麵是她們當媳婦的自己擠出來的，看她們那歉歉然的眼色，我不願意計較，大家也不說什麼。可是加上劉新丁那老東西的嘴臉，可就眞令人噁心和厭惡死了。猴頭老鼠耳，長年紅通通的三角眼，不是瞪媳婦就是喝孫兒，那孤獨自私的形相，我看見就有氣。說句狠話，這老東西死掉發了臭我也不看一眼，想起當年爭水的恨氣，我還想敲斷他一身狗骨頭哩！還說要做他家的活，吃他家的飯？忍來忍去，還不是山寮裏人手少，放個響屁大家都聽得見！而且，他兒子媳婦都算老實，同是受老鬼的氣的，再說，我也喜歡他們，尤其是最後進門的阿桂。該死的不死！唉！阿桂，現在扛的偏偏是妳。

我家阿發昨天夜裏十二點多回來，村裏作秋福在演布袋戲，我以爲他吃了豹子膽，敢半夜裏吵醒我。可是我眞不相信，她，阿桂這就吃農藥走了。白天裏，她跟我們一同割狂阿番家的稻子，在狂阿番家吃過了夜飯才各自回家的。她早有準備了，我們全沒有發現她一點反常。妳，阿桂，整整一天裏，妳心裏究竟想着些什麼念頭呢？

本來她就不太跟人說笑，總是靜靜地聽別人的時候多，碰見面，怯怯地對人一笑，眼光歉歉然的惹人憐惜。我們這些粗心的男人眞沒有特別去注意她，我們不時提起小尼姑的自殺，談得很高興，自然，帶着輕薄和幸災樂禍的口氣。我眞服她那鎭定的神色。我記得她也曾咧開口笑過，是她那特有的，怯怯中像有些勉強的笑容。阿桂，妳把死當作了什麼？好好安睡一大覺？

她確實很平靜，躺在床前地面上，兩眼閉得緊緊。她嫂子春香已經替她梳洗過了，看上去清淨淨地，像是新轉門來的新嫁娘。我們幾個用麻繩絆着她的手脚將她移進木棺中。大鐵釘是我打進去的，我感到有說不出的黯然。我覺得對不起她，却恨我們都有許多無可奈何的事情，我知道違背本心，可是偏偏就沒有勇氣去實現心意，我應該要告發老新丁！

對她們這些當子女的，老新丁確是個惡魔。眞的，我很難相信他還有一點人性，這個不近人情的老東西。她們劉家應該不會太窮，有這不少的田產收入，可是看她們住的吃的和穿的，我看不會比要飯的強多少。老鬼愛賭，村子裏許多人暗叫他救濟院長，他死握着所有的收入，高高興興拿去救濟賭博的人，對自己的子媳，偏偏就那麼刻薄。連生了病，想向他要一點錢都得先挨半天罵。從來不買菜，却要她們像牛馬一樣做着。這種日子，眞教人難挨下去！可是他是老子，一切得由着他。

丈夫遠在海外，孩子不幸在兩個月前也死了，在這種環境裏，沒有一點安慰。妳，阿桂，妳走這絕路我們都能了解妳的心情，但是，他劉家如果當敗，要應在妳身上可眞太寃枉啊！妳前世到底欠了他家多少債？要來這裏受苦？

家官打兒媳婦，只有在她們劉家才聽得見。在我們，這是個罕有的大新聞。老新丁打阿桂！我們全山區都替她不平。

「老短命的，天下少有的！」我阿發他媽媽憤憤地說：「孩子病得要斷氣了，罵爛了嘴唇才拿出五塊錢，要當什麼用？阿桂想捉兩隻鷄出去賣，竟用掃把轉頭抽她。這老短命的，天下只聽家娘教媳婦，有他老鬼的事？孩子病成那樣！鷄還是她辛辛苦苦養的哪！」

孩子拖了一個星期就死了，老東西口口聲聲死不了，今天一樣明天一樣，儘找些草根木頭屑治他。我阿發他媽媽看得眼淚都滴下來了。

孩子睡着，嘴巴不時地張開來像是要多吸口氣似地。母親有如什麼都看不見，她進進出出地連看一眼都不看，我眞爲這小婦人的狠心而驚心。

「妳帶他去看醫生。」我阿發他媽對她說：「先到我們家來，我有幾百元先讓妳用用。眞不要誤了他啊！」

她看着我們，眼淚突然地就充滿了眼眶。我心裏不舒服，留下女人跟她細說，我聽見她帶着重重的鼻音的聲音。

「他命不好！活着多受可憐氣。」她說：「誰教他出世不選好人家？他阿公說他醫過這種病，不必花錢，讓他去醫吧！」

孩子的死她竟像毫不在意，她沒有像我們想像的那樣大哭大鬧，天天仍跟着我們到處做工，只是神情比以前更沉默了。我代她難受，我以爲年輕人究竟體會不出悲痛的滋味，誰想得到她竟然一切全已看破？抱定了一死，倒又有什麼值得再悲痛呢？

昨晚她劉家沒有誰張聲，我跟我阿發他媽媽却想了半夜心事。我家稻子已熟過了頭，鳥雀天天偷吃得很凶。今天，她原該幫我們收割的，但是今天什麼事情都得暫停下來。阿桂！我們得料理妳的喪事。

「死得乾脆！」我阿發他媽媽讚賞地嘆說：「這種日子過着沒多大意思。」

「婦人之見！」我不安地罵她：「她丈夫就將回來，怎麼好輕生短見呢！死就死了，多寃枉多不甘心嘛！」

「丈夫回來又怎麼樣？老鬼不死，一切都不會變。」她說：「阿寶敢反抗他阿爸？哼！這種日子，還是死了清心。」

「豈有此理的說法！」我說：「這裏不好妳不會回娘家去？找個好人再嫁，好日子長着不是？她又長得不難看，還怕沒有人要嗎？」

「你呀！你什麼都不知道。女人嫁出去就像潑出去的水，回娘家，骨頭才輕哪！」她說：

「爹娘不歡迎，哥哥嫂嫂睥覗，比死更慘。嫁？嫁誰？不是死了妻子的就是八十歲老猴子，笑就讓人給笑死了，值得嗎？」

不論怎麼說，這樣死總是不值得，總是太便宜了那老東西，可是我偏偏找不出話來駁倒阿發他媽媽。恨只恨當初錯嫁了人，連一個縮脚的機會都沒有。阿桂！是妳前生欠他家太多的債，我沒有別的解釋。

風吹起來了，塵砂飛撲，打得我們全睜不開眼。破被單讓風掀開來，拍拍響着朝我頭上蓋落。旁邊翔飛哥猛拉一下，仍把它蓋住通紅的棺木。我朝他苦笑笑，他兩眼無神地看了我好一會兒，沒有表情更沒有笑意。

他應當是頂不安的一個人，農藥是他給的，他是自殺的幫兇。他很恐懼，在良心上和法律上，他都自覺有罪。我與他同扛一條木扛，他的不安很明顯可以看得出來。

「我眞不知道她要走短路。」他重又喃喃地申辯！像對我，又像對他自己：「她說要噴高麗菜，菜心被蟲吃得很厲害。她不好意思地笑着，說得那麼像眞的，你能不給她嗎？」

「我也會給她！」我淡淡地安慰他。

「她不應該怪我！」他又拉了一把被單：「不是我的不對。」

「她沒有怪你。」我說：「你不要亂想。」

旋風從身旁捲起，帶着草屑和沙塵，越旋越大，然後突然地消失。旋風，人家都說是鬼風，阿桂，妳不能怪我們！

翔飛哥又開口了，刻滿辛勞與歲月的臉上罩上一層厚厚的憂慮，強烈的陽光和滴滴汗珠全遮掩不住。

「她吃我的毒藥死，我有罪。」

他眞有罪？我不太清楚！可是我相信他不應該負責任，眞眞的罪魁是那老東西，人是他虐待死的，該由他償命！除了這老鬼，自然還有許多人都該受罰，她的父母、媒人，甚至她那還在海外的丈夫，全是兇手。錯誤老早以前就鑄下了，她嫁過來那天，一切已成了定局。

「那新娘子眞漂亮，可惜嫁到這種人家。」我阿發他媽媽在她結婚那天就跟我說：「他爺娘也眞狠心捨得啊！」

瞎眼的父母和黑心的媒人，他們知道錯誤了可以縮脚絕交。女兒是潑出去的水，丈夫既沒本事帶她出去生活，只好讓我們扛着上山了。雖然，我憤慨她死得太寃枉太不值得，我却沒辦法替她求取什麼補償。老新丁那老鬼當坐坐牢，就這樣放過他我可眞不甘心，那太過便宜他了。惡人要現世報，可是惡人經常地比好人過得更舒服，這是什麼天理呢？警察向我們鄰舍打聽她的家庭和生活。

「很好！我不太清楚。」

我照阿發他媽媽的話說了，不要怪我，阿桂，我良心大概也死絕了。我恨死了自己，恨所有可恨的事物，更恨那眞正殺妳的老東西，而我却替他掩飾，像大家做的一樣。

我想好好揭發老東西虐待死她。孩子他媽媽說的：生人對死證，誰會相信我？兒子媳婦畢竟是他自己的人，要我外人多事？我的穀子已經過熟，鳥雀吃得很凶！

「我情願扛那老賭鬼，他偏不死！」前面狂阿番終於還是說出了心裏的話。這個狂阿番妳是熟識的，心裏有什麼說什麼，否則也不會稱狂了。他許久來就一直爲妳，阿桂，恨透了那老東西和妳的家人。我們會有機會扛他的，就是明天我也樂意。穀子嗎？由鳥雀再去吃一天，留下來還是我多。不不！我想錯了，我雖然會很高興可絕不扛那老東西，留着臘乾，或是讓他兒子揹到塚埔去。

汗水已濕透了我的上衣，太陽眞烈！我覺得走這段路比我揹穀包還苦！現在，阿金哥他們趕上來接班，塚埔在前面已不遠了。妳，阿桂，讓他們來抬妳去吧！我覺得很對不起妳，只能在心裏替妳抱屈替妳怨恨，我們這些全是沒有用的人。

他們說死人不可以和生人說話，妳陰靈或也要回來，妳要閉緊嘴巴，不要多問。我，我阿發她媽媽，還有所有的鄰舍們都會明白妳的心意，妳本來對誰都好。自然，我也知道妳平素是不會多說話的。見了誰，妳仍笑笑好了，我想笑笑總該不要緊吧！

我們會跟在後面送妳到塚埔，前些天我們跟着小尼姑是爲了放火，現在我們雖也爲了要掩埋妳，可是，在感覺上，阿桂，我們才是眞正的送行的人。旋風又捲起來，妳如果眞在裏面，妳會看出我們的心意嗎？
被單拍拍掀起了一角，現出的是一片赤紅。風沙又迎面向我們撲來了。
（五四・八・徵信新聞報）

枷　鎖

這些年來我的心一直就留在外頭，鄉間的許多人和事漸漸都已淡忘了。這次我回家渡春假，她也正好回娘家來，我這才想到，我們確有許多年沒有見面了。她那呆呆的先生這次沒有跟着她，說是磚窰裏事忙，脫不開身。於是，我跟她靜靜地坐着，聽她說了很多話。關於她的生活、家庭以及孩子們，她都有趣地敍述着。她現在已經有三個孩子了，兩女一男，懷中抱着的一個女娃娃說是還不滿七個月呢！對於她的孩子，我沒有興趣也不願多去想他們。我已注意了很久，她懷裏的那個肥大的襁褓，半天都不見動靜，我實在要懷疑她是不是健康小生命。不過，我該很容易地猜得出，她靜靜癡癡地睡着，不也是很自然的事嗎？

我舒舒服服地靠躺在籐椅裏，聽她娓娓地敍述着。她抱着孩子坐在窗前，窗外青翠的香蕉葉子不時地隨風飄近她們，給她染上一種新奇神秘的彩色。她的態度仍是那麼文靜從容；她的聲音也同樣地優雅悅耳，一個字一個字輕飄飄地吹進我的耳裏。這就是我熟悉的阿蕙——我們都這樣叫她。眞的，生過三個孩子，我沒看出她有太大的變化，如果有，那該是她顯得更老練更懂事了。這點，我從她言談中聽得出來。

她很容易滿足，也很容易安於現實。她興趣盎然地說着她那呆丈夫的許多有趣好笑的言談和動作。神情眞像極了母親在炫耀自己頑皮的兒子。她沒有嫌惡他，她提到他的時候，帶着些疼愛和得意的神氣。他是幸福的，非常的幸福！至於她，我該怎麼說呢？她過得快樂、適意。那麼，她也是幸福的吧！生活的目的是什麼呢？人人都在求安適，如果生活確實僅僅地要求這些，那麼她不是已獲得了一切嗎？

她眞心愉快地在笑。我耳裏聽着她的聲音，却沒法集中精神去將那一字一句拚成它們所代表的畫面。她不時的提起他，這個字我倒能感受，此刻我腦海中，也正在努力地搜捕着他的圖相呢！暗淡的牛眼大而突出，塌鼻子配上厚嘴唇；論塊頭，倒眞比別人高出半個頭，就是這個傻大個兒，一向就是我們尋開心的對象。他憨憨狂狂的，口齒不清偏又愛講話，言語粗鄙得令人感到噁心而又可笑。我曾說過他是個半癡，到現在我仍將堅持我這一句話。拿這樣一個癡子去配一個美麗賢慧的姑娘，實在顯得滑稽和不倫不類。當初，我連做夢也想不到會有這種事情，何況這倒霉的姑娘又是我熟識的阿蕙，而且她一度幾乎成爲我的嫂嫂。我曾痛心地爲哥哥抱屈，爲她抱怨；也曾暗咒那呆子的運氣，可是他們却過得很好，誰也看得出，她紅光滿面，她知足，她安命，畢竟她才是幸福的。而哥哥呢？我苦笑了。

「你有時間請來我家玩玩好嗎？」她說：「他，阿丁常想念你哩！他時常說起你們以前一同玩牌的事。」

玩牌的事並不新奇，我已經不再憶起，我現在印象最深的是他和她婚後第一次回娘家時的情景。他眞夠熱情，當他聽到我就在他娘家附近，他立刻就大駕光臨了。儘管新姑爺有派頭，西裝革履却掩不住內在的蠢相，固然，他也盡可能地裝出斯文的樣子了。聽他說話，我深深覺得煩苦和悲憤，自然，我也知道不是他的罪過，可是我止不住心裏的厭惡。好容易他起身告辭，我把他送出門外，他回身朝我笑笑，擺了擺手說聲「嘟拜」。我聞言先是一愣，接着全身汗毛幾乎倒豎了起來。不知道他那裏學來這洋禮貌，出在他口裏，我噁心死了。眞的「嘟拜」，我可不想再見他。面對着他，我受不住精神上的苦痛，儘管時間已經過那麼許多年了。

我實在很同情哥哥，那次的見面，他所感受的怕又比我深刻幾千百倍吧！想起哥哥，我也記起他的煩惱來，他曾整夜不停地跟我說到鷄啼，他眞的極不得意。我忍不住要跟她提起，提起哥哥和嫂嫂之間的困擾。她突然地止住嘴，也不笑了。好像所有的話就此全部說完。她用着莊嚴的眼神注視着我，在探視我是不是不懷好意。我許多話堵住接不上來了。我不知道經過這些年，她對哥哥也同樣不能釋懷，而我應該早就理會得出才對，她那半癡的丈夫怎麼能替代哥哥在她心中的地位呢？雖然她也盡力去愛着他了。她眞是個奇異的女人！我心裏暗嘆。

我找不出新的話題來，她也閉緊了嘴巴望着窗外的田園，空氣在我們之間凍結起來了。我不知道怎麼辦好。好在這種尷尬的局面並沒有太久，幾線嬌嫩的啼哭掃除了所有的沉悶，我感到釋然，她臉上也重又現出了光彩。

「乖！乖！阿妹醒來了？」她輕輕地搖幌着，疼愛地說。一面掀開包巾，用着喜悅而又驕傲的神氣看着我：「你看過我的孩子嗎？」

我不感興趣地用眼角瞥了一下，可是我立刻就驚奇得收不回目光來了。包裹裹，一個白裏透紅的小面孔在努力往外伸，兩個烏溜溜眼珠精靈地在向四外轉動着。

「這……這是你的孩子？」我呆呆地問。

「當然！你看她像不像我呢？」她笑着說。

我眞沒法比較眼前的兩張面孔。那些小小的有些發紅的五官，我分辨不出它們確實的形象，但是那對靈活的小眼珠，我認得出。

「我看她完全像你。」我說：「眞的。」

她開心得嘻嘻笑着，像小姑娘一樣。她把孩子抱得很緊，小娃娃怯怯地看着我，那眼光深深地刺痛了我的心。她不癡，誰也看得出，是個靈俐可愛的娃娃。同時，我慶幸着她承繼了母親的而非父親的特質，而且，所承繼的是母親好的一半。

「她姊姊也像我呢！」她又說：「她最大，已經很會說話。不過那男孩子比較笨些，像他爸爸。你說男孩會不會全像他呢？」

我唔唔地應着，不知道要怎麼答話。照我所學過的優生學定律，他們也可能像她，承繼她那壞的一半。但是我沒有告訴她。我逗着小娃娃玩，她咧開嘴像要笑，却哇哇地哭了起來。

「她肚子餓想吃了。」她說着站起來：「我也該走了！」

我送她到門口，看着她走下小坡，隱進矮樹叢後才悵悵然地回身，我的心情可再也沒有先前的那份輕快了。

的確那對小眼珠引起了我很大的困惑和不安，我開始懷疑自己，而這以前我完全不知道她出嫁後的情形。她的新家庭顯然是美滿的，雖然子女都可能有些癡癡騃騃，而這眞有礙於他們兩人之間的幸福嗎？只要他們知足！阿蕙能抵償一切。更何況他們的子女並不癡騃！僅僅是個「可能」而已。那麼，哥哥失去了她，難道是眞正的不幸嗎？他現在有兩個聰明的兒子，可是他精神上不愉快，他跟嫂嫂合不來，他們同樣倔強，幾年爭持下來，竟然他先屈服了。他抱怨命運，懷戀着阿蕙，他却從來沒有跟我提起她，只要知道她目前的狀況，我能理會得到，他一定會無限懷戀的，而我相信他比誰都知道得清楚！如果他娶的是阿蕙而不是現在的嫂嫂，他是否也將躊躇志滿，像那呆子阿丁一樣？我甚至懷疑，爲此而將哥哥兩個兒子去換阿蕙那三個，是不是也值得呢？見過阿蕙和他的小娃娃，我覺得自己都答不上來了。哥哥如果要埋怨，他應當先埋怨我，對他，此刻我懷疑自己究竟是不是一個罪人。

阿蕙本身並沒有什麼不好的，我跟她小學同班，從小就一同長大，對她的性格人品沒有一樣不清楚。他是個奇異的與衆不同的女人，誰娶得她都能得到滿足和幸福，我敢斷言，而哥哥更已看準了這點。以她配哥哥，沒有誰會不點頭稱羨的。哥哥同樣小學畢業就下田幫爸爸耕作，他們能互相景慕愛戀，不是頂頂自然的事情嗎？哥哥曾不只一次地自炫他不虛此生，那時他眞沉醉在未來的美夢中了。可是，所以造成阿蕙這種完美的性格，却有着令人頹喪的因素，她的母親亦是個半癡。憑這點，也就夠爸爸堅決地反對她了。

我眞不忍看他們那種絕望的神情。哥哥不住地跟爸爸爭論，可是爸爸毫不讓步。他求媽媽，媽媽也不表贊同，他仍不死心。白天，他和阿蕙照舊一齊工作，他們倆都是我們這一帶工作班子的重要角色。但他們已失去了往日的活躍，兩個人都擔着重重心事。沒有多長的時間，我就駭然地發覺，哥哥已形容憔悴，他看上去旣疲勞又緊張，我知道事情不能再拖下去了。

那天，他跟爸爸大大爭鬧了一場。傍晚，我偶而經過擔水溪，又聽見他發怒時的狂叫聲。我順着聲音的來源往上游走，在我們吃水的水碑旁，我看見他站在大石頭旁激動地揮舞着兩臂；他面前，阿蕙坐在石板上，頭低低地垂着，兩手蒙着臉像在抽泣。我悄悄地退下來，對阿蕙，我很清楚，她絕不會跟哥哥吵鬧，等哥哥脾氣發完，他會回家來，阿蕙也不會容許他胡鬧。天黑後他回來了，臉色蒼白緊張，嘴角却緊緊地閉成一個堅決的弧形。我看出他將不顧一切了。我寸步不離地跟緊着他，我完全認識我的哥哥，絕不會看錯！

果然，當他發覺沒法把我摔開之後，終於忍不住氣了。他將我拖進他房間裏，緊關起門窗，還一一上門。我看他兩眼紅紅的，凶光閃閃，眞有點害怕。我退到牆底下，兩手把弄着圓木凳戒備着。他這會兒却像什麼也沒有注意到似的，低着頭在那裏沉思。

「我再也忍不下去了，阿明。」他開口粗暴地說：「我要帶她走，走得遠遠的，誰也找不到我們。幫幫忙，閉住你的嘴巴，明天我們就不在這兒了。」

我眞無法說出我心裏的驚駭。哥哥的性子如果不是那麼出奇地火爆強硬，就不會說是完全像爸爸了。他說得出就眞能做得出，剛剛河邊吵嚷，可不是他在逼迫阿蕙？

「你……你是說你們要私……私……逃？」我說：「你不要開玩笑！阿蕙她……她敢跟你跑嗎？」

「她會的，我堅持，她不敢不依我。」他說：「現在你出去，不要敎他們看出什麼。我得快點理理東西，我不能讓她等我。」

「可是哥哥。」我說：「你們能到哪兒去呢？你們沒有多少錢，又沒有什麼技術。我看還是……。」

「你不要說了，我顧不得那麼多，有樹的地方就不會餓死鳥，何況我們是人！」他說。

事情看是不可挽回了，我也感到非常痛苦。一方面我覺得應當讓他們完成心願，他們深深相愛，我也喜歡他們，同時我却又覺得我應當盡力阻止這事。我剛讀過遺傳學，優生學，我贊同爸爸的主張。我考慮着向爸爸求救，可是我沒有動，內心深處，我還是偏向感情，希望他們結合團圓。

「那麼，哥哥。你眞的要拋棄家園。爸爸媽媽你全不要了嗎？」

「我很痛苦，阿明。我有什麼辦法呢？」他黯然地說，聲音沙啞着：「等事情過去，他們能諒解我們，我們就回來。要不，唉！」

「你實在無須這樣做的呀！爸的脾氣你又不是不知道，我怕他不會輕易饒你的。」

「事情本來就不必這樣。」他又發起狠來：「阿蕙那一點壞，要他這樣反對呢？她精明，能吃苦，性子又好。你說，我難道是瞎子看不出嗎？」

「一點也沒錯，哥哥。阿蕙絕對是賢妻良母。爸不是反對她本身，他是反對她母親……。」

「又是她母親，她母親癡呆她可不癡呆呀！我娶她不是娶她母親。」哥哥咆哮了：「她完全像她父親，你看不出嗎？」

「也不完全像。」我大着膽提醒他：「你想她那出奇溫馴的性子怎麼來的？後天的修養？不不！依遺傳學說，她母親給的基因，她照樣不分好壞的承受了下來，你不能理會嗎？不要騙自己。那基因仍然保留在她身上。」

「是又怎麼樣？我喜歡她，她能使我幸福，這就很夠。」他紅着眼對我敵視着：「我不管他媽的什麼基因不基因，你別想拿書本壓我騙我，我不在乎！」

「這是定律，哥哥，我不騙你，我……」

「你也反對她，我知道。你們全是一鼻孔出氣。」他說：「她爸爸已經沖淡了她媽媽的壞種子，我會再沖淡她的，你看不出她跟她媽媽已經大大不相同了嗎？我們的孩子再也不會有那種壞特質，它會被消滅，就是這樣。你敢說不是嗎？」

「不錯，這種壞特質可能消失，却不是你說的那種消滅法。照你所說她的兄弟應當也跟她一樣呀！可是阿坤他們怎麼樣？是不是等於她母親的翻版呢？」我說：「這種特質很可能永遠也不能消滅。照比例，你們如果生四個孩子，其中就可能有一個像他們外祖母，或是更多個。甚至每一個都承受一點，變得癡癡呆呆，你能忍受這些孩子嗎？我跟阿蕙也是好朋友，我不應該說她的壞話，可是我是為你好呀！」

「為我好？為我好就該贊成阿蕙！」他暴燥地說：「如果四個中有一個呆子，我就生三個。」

「哥哥，別傻了。如果這三個正好是十二個中壞的三個又怎麼樣？」我苦笑笑說：「別想你們逃出去會得到快樂，離開親人和家鄉，你和她都會痛苦後悔，何況臺灣那麼小，又有多少地方讓你們跑呢？聽爸爸的話吧！」

我沒想到這話對哥哥打擊那麼大，他像是攔腰挨了我一棒似地緩緩癱進籐椅裏，巨大的手掌蒙着臉在呻吟着。我寧願他能大哭一場，可是他不，只這麼一會兒，他又堅定地站了起來，臉色蒼白，神情却很鎮靜。

「我不會讓她等我，我們會快樂。」他說：「請你不要再恐嚇我，沒有用的。」

他迅速地將衣服用物一件件放進旅行包中，不再答我話。我知道再說也沒用，嘆口氣我離開了他的房子，他却很快地叫住了我，我們對望了好一會他才說：

「不要生我的氣，阿明，我也沒奈何。幫幫忙，不要張聲，我會一輩子感謝你。」

我點點頭回我書房裏，打開書却怎麼也定不下心看，爸爸媽媽在前庭跟鄰居有福伯他們談笑，我心緒亂紛紛的，在考慮自己究竟是不是該幫他們奔逃。不錯！我答應過他，但是只要眞正對他們有好處，我仍願意當個罪人。問題是怎樣才算眞正對他們有好處呢？讓他們就這樣去？

感情熾熱的時候像火，但是不需多少時候就會變成灰燼。現在他們全熱昏了頭，只想着完成心願滿足慾望，却怎麼會想到他們將爲此付出的代價呢！我願意他們詩樣地結成夫婦，像我們大家所祈求的一樣，有情人皆成眷屬。可是我不願意他們爲此付出重大的代價。幸福不止於哥哥他本身，他有責任顧慮到第二代，當這熾烈的火燃盡之後，他們全都會痛苦悔恨的，何況我根本懷疑他們此舉會得到幸福！那麼，此刻我沒有昏了頭，我該讓他們去嗎？開頭的難過是免不了的，但是我相信，幾年後他們全會忘了這段往事！爸爸並不是沒有理由，我也知道自己該怎麼辦了。半夜裏哥哥開門出來的時候，爸爸正坐在籐椅上等着。

逃亡事件失敗，哥哥整整地哭鬧了兩三天，情況就如同一陣暴風雨一樣，全家幾乎都翻覆了。兩天後他平靜下來，又靜靜地回到了他的田地上，眞的，發洩盡了心中的苦悶他反得安寧了。他沒有再見到阿蕙，她父親將她送到鎭裏親戚家去，要她呆在那兒學洋裁。有人向她父親提親，很快就說成了。

哥哥和她幾乎是同時訂婚的。爸爸不放心哥哥，也即刻替他進行婚事。女方家世好，才貌也跟阿蕙不相上下，哥哥沒有堅決反對，事情很快就如我所希望的，各走各的路，我暗暗爲自己的決定高興。可是，當我聽淸楚阿蕙的對方就是那曾跟我打過一陣子牌的呆子阿丁時，我眞驚呆了。我已記不淸如何找到阿蕙的，我在許多女孩子的眼光下將她拉出洋裁店，焦急地告訴她我所知道的阿丁。她却搖着頭，平靜地表示她一切不在乎不過問，全由她父親去決定。我找哥哥，他的反應更是冷冷淡淡的，我眞恨起他們的痲木來了。雖然這以前我巴不得他們變痲木，但是阿蕙畢竟也是我的好朋友，我們有着深深的情感，我總不能眼睜睜地看着她上當。

「哥哥，那個阿丁是個呆子呀！我住在姑母家通學的時候，常跟他們那一夥人玩牌，那傢伙是人家尋開心的料子，你怎麼能讓她……讓阿蕙去……唉！這不是開玩笑的事呀！」

「我能怎麼樣？是她爸爸看上人家的財產，獨生子，有些憨憨直直容易管。我能去打死人家嗎？」

「才有些憨憨直直？那傢伙根本就是個白癡，你最少也去告訴阿蕙，止住她啊！天下那麼多男人！」

「沒用，阿明。」哥哥說：「她現在不會聽我的，你想沒有誰支持她，她敢反抗她父親嗎？」

「混帳的阿錦貴，瞎着眼找婿郎！」我怒氣沖天地咒着：「你去支持她，你們逃走吧！我幫你，我有一千多元，連學費你全拿去，爸爸總不會殺死我！」

「太遲了！」哥哥嘆息地說：「我已經試過，她現在連話都不跟我說。由她去吧！這是命運！」

「我的老天！」我絕望地暗叫。我難過地却又忍不住地要去預想她未來的日子。我不敢想像他們的孩子，她是不應該有孩子的，在這樣的先天條件下，這些小可憐將會有什麼好結果呢？我沒有將這些念頭告訴哥哥，他正出神地望着前面青翠的田園，是不是他也有這同樣的想法呢？我也沒有問他。以後他們相繼都結婚了。

我比誰都淡忘得更快，功課迫得我放棄一切的思想，鄉間事我無法聞問。尤其近幾年來遠遠留在異地，在花花綠綠的都會裏，有的是歡樂與迷醉的生活，我那有精神去回憶這許多瑣事呢？突然地由阿蕙和她的孩子再勾起了我這段回憶，可是我不再爲她難過了，她過得蠻安適，她是個天生幸福的女人。至於她的孩子，我也深爲她高興，只有那個男孩子受遺傳的影響，能不說是上天的垂愛嗎？那麼，該是我對不住哥哥了。然而他也有兩個逗人疼惜的小寶貝，有鄰里稱賢的嬌妻。怪只怪嫂嫂太能幹了，她也不會像阿蕙那樣聽話。我曾聽哥哥抱怨：

「我娶她來幹什麼的？難道還要她來養活我嗎？能幹有什麼好處？」

相同的情形下，我不知那呆子阿丁是否也受到這種壓力，不過他的運氣好，在阿蕙溫馴的性格下，他當會心安理得的，而且我根本就懷疑他也能感受到憂悶和苦痛。

我迷迷糊糊地想着，比較着嫂嫂和阿蕙。嫂嫂使哥哥常感到忍受不住，是她眞不如阿蕙嗎？或是她跟哥哥根本上就合不來？如哥哥只有阿蕙能使他幸福，那麼可能我眞就成了罪人了。兩個陽剛的性子不能相合，必須要有個陰柔的，於是哥哥軟化了，他感到不得意。我忽然想起我們以前說過的一段話。

「你以爲我眞怕她嗎？阿明？我只是不願意跟她鬥。死女人，理也理不直。算我命歪碰着掃把星。」

「修理她！讓她聽你的。」我記得我曾經這樣開玩笑地建議。

「沒有用，我氣起來也打過她，爸爸媽媽全不管，結果呢！唉！打傷了還得服侍她，而且她還不是照舊？求平安只好不理她。」

我慢慢想開了。走到窗前，越過香蕉叢外，太陽光正明亮地照射在田園上。再過去，高大的山巒起伏，由深綠到淺藍漸漸伸向遠方。哥哥不得意是因爲他跟我們大家一樣不滿足。他愛嫂嫂，不忍違拂她，但是他又懷戀阿蕙，希望得到他夢想中王子的生活。感情跟願望的衝突使他痛苦，這就是人性的枷鎖吧！誰教他不是一個天生幸福的人呢？那又是誰的錯？我也不知道了。

（五四・五・中央日報）

石罅中的小花

廟前那棵老榕樹又抽滿新芽了。淡淡的檀香不時隨着輕風飄散着。巨大的榕樹，扶疏的枝葉，從懂事以來就沒有發現過它有什麼不同。春天時，他們在樹底下打玻璃珠；榕樹子熟了，他們騎在樹枝上盡情地吃着。老廟祝阿財伯的吆喝，小伙伴們的歡笑，一切猶在耳邊，二十年時光却眞的流過去了。

一切都沒有變動，全是自己所熟悉的！誰能眞正忘掉這些童年的夢呢？再過二十年三十年，自己仍能一眼就認出它來。

他已經忘記這樣站了有多久。浴着暖洋洋的太陽，瞧着牆上揹葫蘆的老神仙，石柱上斷了一枝角的石龍，眞有說不出的恬靜和歡愉的感覺。只有這時候他才能回到無憂無慮的生活中去，才能眞正地想起母親的形像來。看那樹底下孩子在打混戰；遠遠母親背後藏着小竹枝偷偷走近來，模樣是那樣的眞切清晰！他幾乎想叫起來了。稍一定神，一切又都消失。陽光照在身上，那些斑斑剝剝的小面孔却全是陌生的。

這些夢境已經好久沒有再遊歷了，它們像是好幾個世紀以前的故事，像是他從書中看來的，他熟悉它們，却跟它們全無關係，夢終歸是夢，它跟現實是多麼不相同啊！他不願意回想，不是嗎？他曾憤憤地立誓要忘掉過去的一切，包括着酸、甜、苦、辣。

六年了，離開了這夢中的家園，他從來沒有打算回來，也不願意回來，他原是懷着滿腔仇恨離去的。多時飄蕩的生活磨淡了他的心志，長期的寂寞令他心靈感到空虛，他有時也會覺得厭倦了。想看看他的舊巢，也想看看他所不願意見的人們，他大大方方地回來了。六年來的辛苦沒有白費，他到處遇到敬重的眼光，有他熟識的也有他陌生的。這些不就是多少年來發誓要爭取的嗎？是的，他要得到的都得到了，可是這究竟還存有多少意義呢？他不明白了。

如今，他站在家鄉的泥土上，聽着鄉音，看着鄉人，反而覺得連方向也迷失了。大榕樹只是他童年夢裏的一景，現在它已屬於那羣花面孔的小孩子們了；父親，是屬於那個家庭的；貞，那個唯一愛護他照顧他的女孩子，已經是揹着孩子的媽媽了。他還有什麼呢？只有遠遠天邊的工作才是他的，現在想起來，那不也顯得那麼渺小嗎？

他忘不了多年來心中所存的怨恨和報復的心情。恨使他堅強，他拚命折磨身心，用苦痛來忘記自己的悲憤。然而又有什麼值得這樣仇恨呢？可是他却一直便生活在這強烈的恨中。是的，他恨那女魔王——他嬸娘，恨她的毒辣；他恨父親，恨他的懦弱；他也恨母親，恨她狠心。

那年他八歲，母親一病去世。接着他也病了，發着高燒，他迷迷糊糊地飄上了天空，他看見母親滿臉笑容來接他了。正當他高高興興奔向母親去的時候，她却狠心將他推入了黑暗的深淵。「阿英哪！妳把他留下來吧！」夜靜了，院井外父親和祖父的聲音交替地呼着，一遍又一遍，聽起來那麼的淒厲可怕，陰森森地令他毛髮都豎起來。他沒有死，母親畢竟撇下了他。「媽——，看看妳的孩子！他在受着苦呀！」當他感到孤苦的的時辰；當他流浪在外面，躺在公園的長椅上望着星星流淚的時候，他不知道在心裏呼喚了幾千百遍。他怨母親，恨母親，然而母親知道嗎？如果眞的她在地下有知，就不應該留下他受苦呀！哦！媽媽狠心。

「你媽媽不放心你，怕你被別人欺侮，她多慮了。」祖父時常對他說：「我要看着我家小流涕長大成人，有我一口氣在，誰也不能欺侮你。」

母親眞的借仙姑說話嗎？祖父深信着，他也深信着，母親的過慮不是眞的成了事實嗎？

他不知道父親當時是不是說的氣憤話。只四年光景，他的磨難就來了，從祖父一氣去世之後，他更加痛苦寂寞，他懂得眞正的苦了。父親在變，變得怯懦柔弱，只有躲在桌角喝悶酒的份，一句話也不敢多說。他感到家裏天天有暴風雨在形成，隨時都可爆發，他始終提心吊膽，這些都是那女魔——嬸娘進門後的成績啊！

「娶不娶在我。」父親也憤憤地對別人說：「我決心不娶，那來什麼後娘欺侮他？」

「你早就該滾，滾出去死在外頭！」

六年了，這句話一直在他耳邊響，聲音尖銳惡毒，深深地鑽入了他的心底。這就是離家時那女人說的。

痛苦的日子特別長，他一天一天無望地挨着。冬天缺水，他清早起來要擔滿水缸然後上學；夏天蔗園甘蔗長大了，他又得先剝完一擔蔗葉才得吃早飯。細細的蔗毛扎在皮膚上像火在燒着，在葉面上築巢的小藤蜂，叮得他地上打滾。他一聲不哼，他滿不在乎。恨意在他心中成長，他恨他看見的每一個人，他反抗了。他打架，偷東西，用最惡毒的話罵人，他計劃着要殺死嬸娘生的那兩個小雜種。他要對整個世界宣戰，他有這個蠻勁。

然後貞出現了，她是鄰人順昌伯買來的養女。他天天在蔗園碰見她。他對她百般侮罵，把螞蟻窩強塞入她衣服裏，把草蛇偷藏在她笠子下。她默默的忍着，似乎能忍盡天底下的一切痛苦。那次他將沙撒進她眼裏去，她伏在地上哭，他終於後悔了。她沒有父母，却有大量的母愛，他還記得她稱他「可憐的孩子」時的神情。

兩個孤獨寂寞的孩子，很快就結成朋友，他們彼此相戀着。有了她，他把一切都看開了。她大他幾歲，却像母親一樣地照顧他，衣服破了替他補好，扣子掉了替他釘上，有委屈可以向她傾吐，他將依附在祖父身上的情感，全部轉移給她了。他們一同笑、一同哭。

「忍耐！到你畢業就好了。」她一次又一次告訴他。

多天眞的想法！一心等着初中畢業，夢想着考上高中遠離家庭，有這麼容易的事嗎？

畢業典禮完畢，他高高興興的回到家裏，犂耙鋤頭擋在門口，牛綁在石米臼上。嬸娘兩手抱胸站在橱房門口瞪着看他。

「要吃飯就得要工作，不做給別人吃也得做給自己吃。現在好容易書也讀完了！下午犂蕃薯。」

冷冰冰的聲音，這也是一個人說的話嗎？一雙球鞋一個包袱，出去討飯也走大馬路，這已不是他的家。當天他就從極南滾到極北，一點也不後悔。

廟公阿財伯從屋裏出來，站在簷底用手遮着日光朝外看，有意無意地對着樹底孩子們吆喝兩句。

「不准爬上樹去。嗨！又打架了！」

阿財伯步子已顯得蹣跚，那年他扳斷了柱上的龍角，阿財伯能從莊尾追到莊頭把他捉住。十幾年的歲月，阿財伯已被促成了這麼一個糟老頭！而且自己不也完全成了大人了嗎？他感慨地上前招呼着當年祖父的老伙伴。

「是小流涕呀？昨天我就聽到你回來了。」阿財伯瞇着眼，上上下下地朝他打量，他祥和地裂着嘴笑，聲音有些激動：「還想得到回家來，很好。人不能忘記家啊！忘家的人沒有用，你阿公從前也常常這樣說。你沒有忘記你阿公吧？我還記得他那樣疼你，什麼東西都留給你吃哪！」

老人嘮嘮叨叨地像在自語，他的神情那麼莊穆，像已沉醉在回憶裏了。他突然想起了祖父，當他在向他說話時，不也是這種神情嗎？他感到眼眶癢癢，阿財伯的容貌也模糊起來了。……

樹叢依舊青翠，小徑蜿蜒於亂墳間，一切是熟識的，他可以憑着意識指出那處有草莓叢，那個轉彎有岩石。可是祖父的坟墓再也找不到了，那個地方換了一個新坟，一個他所不知道的人，他悵然地走動着，懷戀着這個一度曾成爲他躲避苦惱的樂園。傍着祖父的墓塚，他可以感到恬靜和安全，就如同祖父仍在身旁保護他一樣，天上白雲飄動着，眼底田園遠遠在山底下，偌大的山丘，再沒有誰來打擾他和祖父談話。他也不辭辛苦地經營了一個小花圃，繞着祖父曾開出許多美麗的花朵。一別數年，荒草早將花圃湮沒了，只剩石坎底下一點紅影晃動。踢開雜草，竟是一朵小小的鷄冠花，短小的花莖羞怯地半藏在石縫中，也只有這種花能有這樣生命力了。環顧四周，已是最後的一株。

多堅強哪！這株小小的花朵。他感動得坐在石上，注視着面前神奇的生命：那麼長的時間，跟周圍頑強的敵人相持，不知道它已經過幾個世代了，春天生長開花，年終萎去，可是它早已孕育下它的下一代，等着第二年春天的到來，只要給它一個稍好的環境，它們不是又將繁衍開來，長得跟以前一樣茂盛嗎？看！它花冠下端，一點點鼓起的花瓣中，育滿了花子。堅強的小東西！

他輕輕地彈下花子，小心地包好了放進胸口。

得給它們一個好的園圃，它們將再開出燦爛的花朵，是的，它們不久將要有好的環境了。

「進去喝杯燒茶吧！」阿財伯拍拍他的臂膀，他順從地跟他走進他那黑暗的小房間。這原是孩子們的禁地，每一個孩子都曾渴望着去探險的地方。眞沒有想到它竟如此地雜亂和骯髒。更有一股刺鼻的霉氣，使他想起當年敲石子時睡的閣樓，六七個男人身上和脚上發出的惡臭。他幾乎想退出去。但是看着阿財伯龍鍾的背影，他高高興興地在烏黑長板凳上坐下了。比起自己的家，這裏到底溫馨多了。家，對他眞是陌生得可怕！

「你還認得路嗎？」父親一見到他就粗暴地吼起來。從他顫顫地嗓音裏，他分不出父親到底是激動或是生氣。

「你是個不肖子。」他瞪着他罵。

父親蒼老多了，眼球滿佈血絲，酒氣撲鼻。他感到很對不起父親，他是個大大的不肖子！是的，長長六個年頭，他就只寫過一封信。那是到臺北第二天寫的，寥寥幾個字。他不是忘記了父親，只是他在困苦中不願意表露出來讓別人知道，有幾次他含着眼淚給父親寫信，想告訴他他是如此的孤苦，每次都在投入郵筒前狠心撕碎了。父親罵得對！大不肖。

「斟剩的神茶，喝了王爺保佑你平安。」阿財伯說。

粗瓷茶杯內濃濁的茶葉冒着白煙，他喝了一大口，苦澀得教他皺眉。神茶！還記得那年的大病，祖父也是從這裏抓了大把的仙丹回去，泡在開水裏要他喝下去，那是什麼味道已經忘記了，祖父含着淚水的臉孔却仍清清楚楚地印在腦海上。

「你阿公從小跟我同穿一條褲子。」阿財伯慨嘆地說：「今天你們當子孫的能出頭，我也代他歡喜。兩手空空出去，排排場場回來，眞不容易哪！」

是的，不容易！整天握着大槌在河床上打石子，手掌磨破了，流着黃色的血漿，槌柄粘住了手掌，一時還剝不下來；深夜裏，整個城市靜悄悄地像個死城，而這正是最忙的時刻，伙伴們踏着笨重的貨車，徹夜做廣告牌樓，四周都是些粗魯的談話與動作，言語隔閡和個子矮小，開頭不知受了多少的欺負與戲弄。一年又一年，他咬緊牙關堅忍着。工作使他忘記往事，疲勞會帶他入夢；手掌磨破了會重新長起更厚的皮來，環境使他長得更加壯大碩健。要想出人頭地必須要努力，必須要有特出的技能，離家的目的不是要打石子。憑着他的幹勁，日日夜夜他抽空學習原就有點基礎的洋文。

人生的際遇眞是神奇的。採石廠將他介紹入廣告公司，他所學的一點東西竟然用上了。天天翻着洋文雜誌，參考西洋廣告術。前面的道路漸漸平坦了。

一年前，他接洽一筆生意，主人正忙着，他隨手拿起一本洋文書，等到主人注意到他時，他已看得入神了。身穿工裝，滿身油漆味，他和主人談了兩個鐘頭，他第一次跟別人談到自己的身世。

「我們正要用人，你想試試嗎？」最後主人很滿意的問他。誰說不願意呢？憑着這一句話，他改變了整個的生活方式。

「你在外面做過許多工作是嗎？現在在做什麼？」阿財伯又替他斟滿茶杯。

「做過採石工、夥計、學徒。」他心不在焉地回答着，「現在做外銷宣傳工作也替律師做翻譯。」

「宣傳工作——？翻譯官？哈！那是很好的工作！」阿財伯說：「家裏你習慣嗎？」

「是吧！」他遲疑地點點頭。

他始終沒有感覺到那是他的家，從一進大門就覺得自己像個客人，家人比外人更顯得陌生隔閡。

「你的弟妹，順全、順德你還認得嗎？再下去是順蘭、順安。」父親指着牆邊幾個大小蘿蔔頭對他說，接着朝孩子們瞪一眼：「叫大哥。」

「大哥！」四張嘴一起張動。他心都給叫慌了。我的弟妹？這連想都沒有想到過！

那邊，他看到嬸娘正站在厨房門口對他呆望着。衣衫仍然那麼硬挺，髮髻仍然紮得那麼結實。歲月並沒有替她留下多少的痕跡，跟父親對比起來，父親顯得多麼衰老呀！他平靜的心開始激動起來，他難以抑制混身熱血的沸騰。這是恨，他清楚的知道，一股生根久積的厭惡。

「你回來了！」她努力地堆起了笑容。

他咬咬牙想翻身衝出屋子，但是當他觸及父親那雙充滿企望的眼神時，他苦笑了笑忍住了。

「是的，我回來了！」他說：「嬸嬸。」

時間會沖淡痛苦的回憶，經過這許多年來的流浪，原有的仇恨和報復的願望，已經顯得那麼渺茫不可即，一時激動過後，感到長久的鬥氣眞是幼稚和可笑了。値得費那麼大的代價嗎？父親老了，需要平靜的生活。

「我知道你恨死我了。」嬸娘背着父親對他說：「我也知道自己做得太過份。我欺負過你，因爲我恨你。你對我不好，是不是？從我到你們家來之後，你不是處處跟我做對嗎？我們相鬥，是我錯，我比你大。」

嬸母哭了。他不作聲地聽着。

「那時我比你現在大不了多少，我沒唸書，也不懂得做人。我也是不得已才跟了你父親的。」她擦了擦眼睛又說：「現在你也長大了，懂得多了，我不敢希望你能原諒這個不會做人的後娘……。」

「嬸嬸！過去的事情不要再提它了。」他打斷她的話，很平靜地說：「讓它過去吧！」
眼淚又從她眼裏冒出。他們算是初步諒解了。
父親很高興，他和四個小蘿蔔頭大聲鬧笑，嬸娘在旁邊也笑迷迷的。在父親，這是很少有的現象哩！他們對他說話都很客氣，絕口不談過去的事，怕再引起心中的陰影。他像是家中的貴賓而非一份子。不是嗎？這個家庭中他是多餘的了。他不能長時間夾在那裏，那樣他會破壞一個家庭的氣氛。父親同時是那些小蘿蔔頭們的父親呀！
只要父親快樂！而他確信自己能替那個家庭製造新的愉快的氣氛。是的，他要補償自己的過失，父親是那麼地疼他。
阿財伯仍不住地在問着，他一一地回答他。望着老人滿面高興滿足的神色，他覺得有種說不出的親切感。
「對啦！你也該成家了，你阿公若在，早就替你想到了。」阿財伯說：「家鄉可有看得合意的？還是家鄉的姑娘好哦！」
不錯，貞就是好姑娘，該稱貞姊嘍！可敬的姊姊。
在村道上遇見她，他幾乎不敢認了。她帶着一個小女孩子，剛剛能跨步走路。

「聽見你回來，我高興死啦！」她說：「我不敢去找你。我……我結婚了。」

「恭喜妳，貞」他說：「——姊。」

「你終於出頭了。吃了很多苦是嗎？」她愛憐地問。

他苦笑着展開手掌，十根手指又粗又大；捋起袖子，臂膀上的肌肉一股股地怒奮着。它們全盡了力了！

「辛苦了，辛苦了！」她紅着眼睛喃喃的說：「我一直在替你擔心，五六年沒有你一點消息。我還當是見不到你啦！天有靈，讓你平安回來。順弟！你眞有本事！」

「沒有什麼！貞姊。」他抱起她懷裏的小女孩，一面逗着她一面問：「妳們過得好嗎？」

「還可以。她爸爸就是德貴，石崗上的，你還記得嗎？」她笑笑說：「你來玩好嗎？我們常常談起你哩！」

「謝謝！我明天就走，看見妳，也就好啦！」

「什麼時候再回來？」

「我也不知道。離得那麼遠。不過總得會回來看看的」

小女孩在他身上左右地扭動着，還好奇地抓他的耳朵。

「她很像妳。很像！」他說。

她像她，她也會是個好姑娘。他對着阿財伯笑了。

走出黃爺壇，迎面一個小女孩跑過來，是——順娣，他的妹妹。

「大哥，你到那裏去啦？我找你半天了。」她氣吁吁地說：「媽要你回去吃了晚飯再走，還宰了鷄呢！」

「走吧！我們回去！」

太陽已靠近西面的山頭，但是趕末班車出去，時間仍然是充裕的，回家吃晚飯去吧！

（五四・五・聯合報）

祈福

開庄伯公壇就在通往鄰鎭的柏油大馬路底下，汽車和摩托車幾乎沒有間斷的呼嘯着馳過。偶而摩托騎士和汽車乘客會側頭對他們注視，他坦然地承受着這些好奇的眼光。過去他一直覺得拜神的人可笑，如今他却隨着母親正正規規的來祭拜伯公爺還願，答謝神明庇蔭，讓他平平安安從金門最前線的二擔島退役歸來。能回來眞好，他相信這時他的母親和他一樣的心中充滿喜悅，尤其他的母親，還唯恐人家不知道自己的兒子當兵回來了呢！

在炎陽底下，他的母親正把三牲祭品一樣樣從竹籃裏拿出來，依着禮數左魚右肉，加上鷄蛋豆干水菓，一一安排在矮矮的水泥供桌上。她沒有撑傘，頭上戴了一頂已轉成灰白色的竹笠，可以看見她臉頰上一滴滴往下淌落的汗珠。她是那麼專心一意，那麼安靜，好像完全沒有感覺到那如火燄般的秋日的太陽。這使他想起有一年暑假，他跟母親一同在田裏收花生，也像這樣的天氣，他的母親把洋傘綁在短竹竿上，插在他身後替他遮住陽光，自己却曝曬在金色的光線中，除開一頂小竹笠外，什麼也沒有。她先把花生苗拔出，成捆的抱到他的洋傘前，然後母子兩人靜靜的把花生一顆顆從鬚狀的根上摘下來。母親的額際、鼻尖上全是細細的汗珠，一粒粒亮晶晶的，隨時可以化成一條細流流下來。他的母親全神工作着，沒有呼熱，也沒有擦拭，只是偶然有一句沒一句的問他一些學校的瑣事。母親的態度有着鎭撫的作用，把他浮動的心情穩定了下來。但他終於還是問了。

「媽，妳不熱嗎？」

他記得母親愕然片刻，隨卽輕輕笑着抬頭看天，然後拖起衫裾在臉上胡亂的拭了幾下，像告訴他什麼秘密似的說：

「怎麼不熱啊？你這憨古。」

母親當然是熱的，就像在中心的訓練一樣。在火燄般的太陽下行軍，他永遠也學不到像母親那樣的帶着微笑去曝曬。這簡直是一種自虐！他不能不這樣想。可是他的母親似乎已將應該曝曬在兒子身上的全部的光熱都承受起來，而且還當作是莫大的快樂了。

剛到這裏，他的母親就吩咐他站在椰子路樹底下，甚至當他把綁在摩托車貨架上的竹籃和放香燭紙錢的帆布袋解下來後，她都不讓他提到近在路底下的伯公壇。

「你在樹影下等，等我點好了香再來給伯公唱喏。」

他早已被迫的習慣了接受母親那種慈愛。卽如今天跟母親一同來祭祀還願，不管自己喜歡不喜歡，一向他就不愛拂逆母親的意思，連父親的態度也都是如此的。母親沒有受過太多正規的學校教育，個性也不特別強，但她有着沒有保留的、完全奉獻式的愛，使人無法拒絕。這常常成了父親和他們兄弟的一種負擔。他常想，母親如果把這種愛心加到世人身上，他堅信最偉大的宗教家對世人的愛也不會比這更多了。

那麼，對這張開羽翼處處遮蓋自己的母親，他還要再接受多少保護呢？服完兵役，應是振翅離巢，爲母親分擔勞累的時候了。可是父母的願望又是何等的令他感到惶惑啊！

他放棄辦理緩征，不肯進補習班，對他的父親是一個很大的打擊。他們家並不富有，他的父親也只是一個篤實的農人，但對身爲長子的他，期望是很高的，父親一再表示願意盡一切力量來供給他讀大學。他剛回來的那個晚上，父親就已顯現出他的迫切了。那天晚餐後他隨父親到稻田裏巡視田水，他們站在高坎上，浴着涼風，在星月微光中，心中充滿喜悅。

「聽說服完兵役，考大學可以加分，是嗎？」

他的父親是這樣開始的，他談了很多對他的期望。父親的想法很實際，在他，讓兒子讀大學是一種合理的投資，既可獲取名望，又可以讓子女有更高級的工作，更重要的是可以直接改善家庭的經濟。

「你看你大伯二伯家都有人吃月俸，收入十分穩定，你看人家生活比我們好多少！有一個吃月俸的人，抵得上你耕一甲田，就是敎書也有八千多元收入，每個月可以買二千斤乾穀，不要施肥噴藥。我們耕種人家如果有你去吃月俸，那麼我就不必再發愁了。你要好好打拚。」

父親耕種七分多的雙季水田，在本鎭有這樣一塊土地的人算是不錯了，但是從他懂事以來，他們家便一直是老樣子，除祖父分給的左廂四間屋子外，父親只多建了一棟豬欄，搭蓋了一間厨房。大伯二伯家雖然也是老夥房的一部份，但是加上紗門紗窗，屋內裝璜一新，顯然氣派多了。二堂哥更在鎭外郊區建了棟兩層的花園洋房，相差的只是伯父家裏堂哥很早就出來幫助家計了。這使父親非常羨慕，他早就在做着兒子大學畢業回來，重振家風的美夢了。

結果他這個做兒子的人沒有考上大學，事實上也不熱衷去考。他不相信一年又一年的補習，勉強擠進大學混幾年出來，就光明在望的這種事。兩年前他寧願趕早入伍服兵役，那時他就決定讓父親失望了。

他不在乎從最低層做起，做工或是經商他都願意。只是要怎麼跟父親解說呢？這個一心巴望兒子直上青雲的男人怎麼會理解兒子的想法呢？甚至他也想過留在家裏種田養豬，他有改革目前自給式經營形態的夢想，但却需要大量資金和父母親的支持，而這恰是他所不敢想望的。

一輛嶄新的冷氣客車呼嘯着開過去，載滿了一車的乘客，直馳那遙遠的城市，留下了一股濁重的柴油廢氣。

「快來上香，伯公保佑你。」

母親終於準備好了，在向他招呼。他一步跳過比路面低三四尺的水溝，跨上通向伯公壇的田埂路。

「把你的笠帽戴起來！」

他的母親又吩咐他，不過他已經跳下來了，看看掛在摩托車把手上的竹笠，他決定不再回頭去拿。

「看你這個孩子，日頭這麼毒。」母親心痛的抱怨。

伯公壇已經很破舊，連供桌的水泥地都裂開了兩條大縫，無孔不入的牛筋草和鐵線草正在這裏那裏蓬勃的生長着，祭品就擺在草葉間。據說這座伯公壇歷史已經很長了，這一帶的田主稱它是開庄伯公，應該是開發本鎮之初，先民爲求平安福佑所設立的。從前壇北有一棵要三個大人才能合圍的大芒菓神樹，又高又茂密，遮住了週圍一大片田地，也給附近種田的人一個在工作疲累之後最好的休息所。他家的田地就在伯公壇北方不遠處，小時候在這兒不知渡過了多少的歡樂時光。可惜後來有一年遭到雷電，樹幹被劈得四分五裂，第二年就枯死了，直到現在沒有再補種神樹。他還記得大芒菓樹虬曲多贅瘤多空洞的枝幹，以及在上面營巢的黑色八哥。近來連這種鳥都絕了跡了。

「將來你不要忘記，你是從小就認給伯公爺的。」他的母親分給他一束香，鄭重的囑咐。他和母親一起作揖唱喏。他的母親微閤着眼皮，輕聲地向伯公禱告着，很久很久才把他的香接過去，安插在香爐上。

母親所謂的認，是認作義子。在嬰兒時，算命的斷言他的命底太硬，會跟父親相剋，於是拜在伯公的名下，認作義子以求平安。所以在他入伍前夕，母親曾帶他來祭祀許願，求他軍旅平安，如今既已歸來，自然要還願謝恩了。他的母親神態一直顯得很愉快，從她的言語動作中，處處都流露出來。

「你替伯公爺斟酒吧！斟完還是到路邊去等我。」

酒要三巡。他在三隻酒碗中淺淺的各斟上小半碗米酒。他的母親愛憐的要把自己的竹笠遞給他，他不肯接受。放下酒瓶，他把帆布袋裏的紙錢拿出來，蹲到供桌前一張張散開來堆成一堆。太陽確實好毒，曬在皮膚上，有着灼燒的感覺。他的母親終究還是走上路去把他的竹笠取來了，親自給他蓋到頭上。然後她開始割除水泥縫中的雜草，他不知道他的母親還帶來了鎌刀。

「出門不帶刀，不如屋裏坐。」她笑着唸了一個諺語作解釋，種地的人習慣上總是刀不離身的。

「我半個月前就想要清除這些草，就是忙得忘記。」

「媽，以後我在家幫妳跟爸爸耕田養豬好嗎？」他正經的問。

「那怎麼可以！」母親沒有提防，好像很吃了一驚。

「爲什麼不可以呢？」

他的母親定定的看着他，停了好一會兒才諒解似的顯出慈愛縱容的神情說：

「好的，你剛剛回來，就在家裏休養好了。」

「媽，妳不喜歡我幫忙嗎？」

「啊！當然喜歡哪！」

他明白家裏人手不足，碰到農忙更是手忙脚亂，爲了籌措他們兄妹的學費生活費，母親從未間斷過飼養肥猪，最多時連母猪大大小小有六十多隻呢！

「要落魄到耕田就太不幸了。現在的年輕人只要有辦法就都要飛出去，沒有誰肯再留在鄉下混。」他的母親說：「你爸爸希望你讀書上進。」

「沒有這麼簡單。媽，我很難考取，我也覺得沒有什麼意義。」

「其實我倒很希望你留在我身邊，趕快給你娶一個媳婦，安安定定的在家裏生活，最少衣食沒有問題。」他的母親說：「對了！說正經的，你還記得阿魁叔家的秀秀嗎？她中學畢業後就在學洋裁；田裏忙時幫幫耕作，能幹又漂亮，我可眞中意呢！」

「哎呀！媽，妳這麼年輕就想當阿媽了嗎？」

「有什麼不可以？人家志鴻嫂比我小一歲，早有女婿有媳婦，內外孫子就有三個了。我當阿媽還當不得嗎？」

「這個我連想都沒有想過哩！」

「我早想了很久了。你在金門時我就想，你回來找一個工作，離家不要太遠，然後娶個能幹的妻子，在家幫幫我，你每星期回來一兩次，這樣全家在一起，人手又多了，還可以考慮種菸葉呢！很多人都這樣，十分理想。」

「啊！」他驚異地看着他的母親，母親想得多好啊！她一直就準備把他放在看得到的地方保護他，照顧他，爲他考慮一切。

紙錢散完了，堆成一個小山狀的紙塔。太陽差不多正在頭頂上，空氣中，陽燄像絲絲火煙，搖曳閃爍。

「眞熱，下午大概又要下雨。」他的母親不住的拉袖子拭汗：「你回到路邊樹影下等我，剩下來的酒我來斟就行了。」

「媽，妳去！這裏我來。」

「不！我𥚃慣了。你去。」

母親又要使用她一貫的強迫的姿態了。但是這次他決定不再順從，他把母親手中的鐮刀拿了過來，半哄半推的將她推上小路。

「妳以爲我當兵當假的嗎？我不再是小孩子了。」

他的母親扭扭捏捏的，像很不習慣的掙扎了片刻，終於拗不過他，只好走了。

「何必兩個人在這裏𥚃呢？」他說。

斟完第二次酒，他接着割除水泥縫中殘存的野草，心情變得十分紛雜起來。如今是退役回來了，剩下全屬於自己的時間，終究將作如何安排呢？重考？就業？能幹什麼？

高三時節他也曾不顧一切的拚過功課，兩次模擬考也都達到了錄取的最低標準，所以老師和同學都不斷爲他打氣加油。那時全班像是瘋了一樣人人如面對生死大事。在黑板右上方，有一個紅框寫着阿拉伯數字，代表距離聯考的天數，每天班長到校第一件事便是愼重的把數字擦掉重寫，每天減少一個數目，使他們怵目驚心。直到有一天他忽然對大家苦苦追逐的目標產生了懷疑，於是開始對同學的執着狂熱感到可憐，對老師的鞭策鼓勵感到無聊。聯考終於落榜是很自然的結果。

如今，在堅持已見兩三年後，是不是重拾教科書再猛拚一年甚至兩年呢？或是丢開一切的矜持，去工廠從工人幹起呢？實在他弄不清怎麼做才算有出息了。

「可以斟酒了，斟完酒就把紙錢燒掉，準備回去了。」他的母親在路邊樹影下指揮。

他拿起酒瓶恭恭敬敬的斟下最後一巡酒，心緒仍然是迷茫的。

「伯公爺啊，你保佑我……」

他驚覺自己竟然心裏在祈禱福佑，但一點也沒有滑稽想笑的感覺。

（六七・十・民衆日報）

秋意

尤文輝與我應該算是同一天加入二年九班的。我走上講臺的時候，班長喊口令的聲音響亮又有精神，敬禮時好像經過預先練習過了一般，全班同聲高喊「老師好」，整齊嚴肅的程度很令我大吃一驚。班長個兒不高，戴了副金邊細框近視眼鏡，斯斯文文的，竟然能喊出這麼低沉有力的口令，眞是不可思議。我先朝他注視片刻，然後由左而右地掃視全班一遍。這個班級就是我本學年所要帶領的，許多任課老師雖然總責罵他們是牛頭馬面，但四十幾張面孔雖然有俊有醜，却也沒有像流氓或土匪一般長像的。也許是他們那聲問好或者是他們的神情使我感動，我忽然覺得樂觀，可能是別人言過其實吧！或是他們的行爲也像班長的嗓門一樣出人意表，那就非我所知了。

我微微頷首，繼續環視每一張面孔，由他們面孔上所裝點出來的歡欣的神情看來，他們必定已經知道我擔任他們的導師。我知道他們這時候也全部集中了精神等我開口。大概也正想估估我的份量哩！以前我沒有上過這個班級的課，不過由學生彼此消息交換，我相信他們必定已瞭解我的脾氣了。人善被人欺，馬好被人騎。當導師的人一定要樹立威嚴。所以，我繼續保持沉默，並不急於發言。當你要對方對你敬畏時，最好讓他莫測高深，而你靜默地用一種心有成竹的目光捕住對方，往往就可以收到這種效果。高三女生班在三樓，每當我爬上三樓樓梯，進入教室後總是喘得我開口不得，爲了掩飾自己的窘態，在上課之前我就這樣默默的環視全班，每次我總是使得她們慌忙的收起桌上其他的功課或還未寫完的作業，規規矩矩的端坐不動。現在，我自然要製造一個嚴肅的第一印象。當我第二度環視全班時，我很滿意氣氛果然釀成，前排兩個學生甚至已顯出不安的神色，正在偷偷檢視自己的鈕扣呢！

尤文輝一開始就使我覺得不快。當整個教室充滿肅穆氣氛，就等我開口訓話的時候，他大模大樣的擺過走廊，硬底皮鞋在磨石地板上敲擊的聲音，清脆得叫人不由不側目，他幌到教室門口，鞋聲戛然而止，他筆直的站在那裏，很神氣的喊了一聲報告，恨得我把牙齒都差一點咬碎了。

「什麼事？」

「我叫尤文輝，我來報到，教務處把我編在二年九班，請多多指教。」

他一口氣解釋得清清楚楚，聲音篤定，姿態肅穆，但就是給人有一種不正經、引人發笑的感覺。全班果然鬨堂大笑起來。我雖然不好生氣，但心中早已生出被人戲弄的不快了。

「進來，後面有個空位。」我說。

「報告老師！後面還有四個呢！」

「什麼？什麼還有四個？」

可能是我的神情過份急迫或是吃驚了，全班這次竟然全看着我捧腹大笑，笑得前俯後仰，後面有一個傢伙還直拍桌面。

「還有四個轉學生要報到。」他一本正經的報告。

整個教室充滿了笑聲和嗡嗡私語，這時，除開厲聲喝止外，我再也無法挽回頹勢了，但如果我這樣做，也得不到什麼光采，而直到此刻我還沒有正式對班上同學講一句話。看來，這個學期不會太好過，因爲我直覺地感覺到，二年九班接受尤文輝時的歡欣熱烈，超過我這個導師多了。人眞是聽不得好話的。當了許多年的專任老師，什麼職務都沒有兼過，課餘不是下棋打球就是跟同事閒講聊天，一直像閒雲野鶴，要走便走要來便來的。開學前幾天訓導古主任忽然找我商量，要我接掌二年九班導師，原來的導師蘇金圖說是家庭有困難，硬要辭官不幹。我先是一口謝絕，古主任却絮絮的將這個班級給訓導處所帶來的困擾一一加以細數。上學年結算總成績時，他們囊括了整潔、秩序、團隊精神等各項比賽的最後一名，我還記得蘇老師站在隊伍後面，面孔一陣青一陣黃的神情。聽說有時蘇老師氣得半個月不跟他們講一句話呢！古主任越說我越慶幸自己推辭得聰明。然後古主任不斷感慨沒有任何人可以管住這樣的一個班級，雖然我無意接受，但聽着他訴苦，我不止一次的有着不信邪的感覺，天下那有這麼惡劣到無可管教的班級呢？當然我也不止一次警告自己不可多事。古主任又表示，蘇老師嚴格出名，尙且束手無策，校長跟他研究了很久，認爲只有請一位最有學問風度，在學生心目中最受歡迎最有人緣的人，才有可能用軟繩索拘束得住他們，感化他們學好。而校長和他都認爲只有勉爲其難的請我出來，可以爲學校分勞。既然我也害怕不敢接受，他說，他看這個班級將無可藥救了。忽然我像中了魔似的，心中充滿感動，一方面是豪情高張，一方面又有知遇之感。結果古主任走的時候心滿意足，我則迷惑中帶着後悔自責，我應該及早想到，古主任是政治系畢業的，他利用了我不信邪的、以及一絲絲好勝之心，很輕易的使我將脖子伸出去，套子早已準備好了。

開學典禮時，看到我站在二年九班前面，幾乎所有的老師都要哈哈兩聲，很不懷好意的，聽起來就是有幸災樂禍的味道。的確，二年九班的成員眞不單純，有半數留級生，另外半數則是品行被視爲需要特別輔導的，指導活動室全有他們的個案。現在再加上尤文輝他們幾個轉學生，自然更熱鬧了。

尤文輝確實不簡單。第四節改選班級幹部，距他加入二年九班只不過兩個小時，表決班長時，全班四十八個人除開他自己以外，居然四十七個人一致投他的票，眞令我意外。當我把名單拿給蘇金圖老師看時，蘇老師搖搖頭笑了起來：

「他們還是一樣，做什麼都愛開玩笑不正經，這個風紀股長李中和是最愛講話胡鬧的。衞生股長王子凡，哼，上學期沒有一次掃地時看到過他。學藝股長林正弘，不交週記。康樂股長邱其煥，玩起來倒沒有問題。」

大概是我的臉色不太對，蘇老師停了下來，皺着眉沉思片刻，然後安慰似的拍拍我的肩說：

「還好，最重要的這個職位是尤文輝，奇怪，我怎麼對他會沒有印象呢？不過，沒有印象就表示不壞，嗯！是想不起來。」

我曾一再解說班級幹部對班級的重要，鄭重要全班推出適當的人來，洗刷班級恥辱。如果尤文輝當班長是蘇老師認爲唯一適合的人選的話，我實在該感到悲哀了。因爲其他的人我還沒有印象，而尤文輝却是我認爲最不可取的一個。

「你可以否決掉他們的意見，重新指派幹部。」蘇老師建議。

蘇老師的主意固然可行，但是我不會這麼做，那樣會使我一開始就站在與他們對立的地位，既然這些人是他們自己選出來的，我就要玩點手段動點心機，非得讓他們吃點苦頭不可。看看孫猴子厲害還是如來佛厲害！我暗自發狠。

兩週時間很快過去了，我貫徹幹部選舉前的主張，什麼事都不過問。我說過，有困難我可以出面，此外，一切要各幹部全責辦理。我預料他們會很快的來求救，全班亂成一片的情形是可以預期的，我就在等着那麼一天。但令我奇怪的是日子過得十分平靜，每天我七點二十分鐘到學校督導早自修，另有兩節歷史、週會級會跟他們接觸，但各幹部除開必要的請示外，幾乎全沒有讓我勞動一點心思，而且訓導處居然也沒有找過二年九班。這使我也迷糊了。

二年九班最大的毛病是吵鬧不守秩序。在這所省立高中裏，升學的壓力非常強大，因爲是鄉下學校，升學率偏又太低，爲了提高學生程度，校長和教務主任想盡了一切辦法來壓迫學生讀書，留級更是絕不留情的，因此，每個班級莫不爲此緊張努力，尤其是高三的十幾個班級。可是他們好像全不相干，上學年他們從早自習開始吵起，幾位任課老師沒有一個不是恨得牙癢癢的，特別是英文林老師，提到他們就罵牛頭馬面。其次他們的毛病是不合作，每一個組成份子都很有個性，班級事務誰都不關心，也不聽約束，難怪整潔、秩序、團隊精神等比賽總得黑牌了。現在升上二年級了，除了留級了六個，班底不變，我很難相信他們就能變好。趁學藝股長送教室日誌給我簽字，我把他留了下來。

「林正弘，你週記交來了沒有？」我問他。

「當然交了，就在這裏面。」他指着辦公桌他早上送來的一疊週記簿。語氣辯護中含有一絲自豪。

「收齊了嗎？」

「唔，二十五號沒有交，他說明天帶來。」

「昨天下課後有沒有作清潔工作呢？」我又問。

「這個學期大家都做了。」

「是嗎？這就奇怪了，我又沒有去監督，怎麼你們會聽話呢？」

「尤文輝和衞生股長王子凡查點，誰先跑走的罰五塊錢。」

「啊？罰錢嗎？那怎麼可以！」

「我們儲起來做將來開同樂會的基金。」

「這是誰的主意。」

「班長尤文輝建議的。」

「同學肯交錢嗎？」

「尤文輝要王子凡先交，因爲王子凡第一個先跑掉，尤文輝說，交五塊錢可以一次不掃地。」

「那麼王子凡交了五塊錢了？」

「他已經被罰了四次，二十塊錢啦！」

「他不生氣嗎？」

「所以他現在監督很嚴，連尤文輝也被他罰了一次，因爲輪到掃地的時候，尤文輝剛好在辦公室，沒有參加。」

「這樣不對，要罰錢怎麼沒先問我？」我心裏很覺不快，但語氣仍然裝得很平和。

「班長說自己的事自己來，不要樣樣讓老師煩。」林正弘說，然後細聲的，很神秘的看看左右說：「老師，我告訴你……」

「什麼事？」我問。

「王子凡不服氣，尤文輝跟他打了一架，就在敎室裏面，尤文輝敎我們把門窗全部關上，桌子搬到一邊，大家不出聲，很公平的，只有兩分鐘就解決了。」

這消息可讓我太震驚了，訓導處最痛恨打架，每次打架都有人記大過，上學期還有因爲打架被退學的。我絕不能讓這種事在我帶的班級裏發生。那會成一種風氣。

「你馬上去把尤文輝跟王子凡給我找來。」我說。

大概是我的臉色把林正弘嚇壞了，他結結巴巴的解釋，要我不生氣，不要去追究。

「事情已經結束了，他們現在是好朋友。」他說。

「打了架怎麼會是好朋友呢？你想騙我嗎？」

「眞不騙你，老師。我們覺得打架是尤文輝比較贏面，但是他一再稱讚王子凡拳頭厲害，也不知道王子凡爲什麼不恨他，反而兩個人成了好朋友。大概是不打不相識吧！」林正弘說着，居然面有得色：「我們決定不讓別人知道打架的事，訓導處不會知道的。」

「哼！看樣子你還很欣賞尤文輝呢！」

「啊！尤文輝不錯，他做事公平。」林正弘說：「他說誰不服氣可以站出來，把門窗關起來自己解決。我覺得他很有氣魄。」

「還要打架嗎？」

「不，不會有人再打架了。」林正弘很肯定的說。

看來，我不得不對尤文輝另行評價了。想不到他做事不只幹勁十足，也眞有些本事；一副吊兒郎當的模樣，眞還瞧不出他會是這麼負責的好班長。這是我這導師的運氣。林正弘走後，我一邊想着，一邊感到羞愧萬分，兩週來我不僅沒有關心過他們，而且一直在等着他們自亂，以便收拾殘局，好顯出自己的重要。也懲罰他們選舉幹部時不聽我的話。現在有了尤文輝，倒把我這個導師擠到一旁去了。我不知道是不是心懷妒忌，想起來心裏倒眞是有着一絲不太順暢的滋味呢！

可能責任眞會改變一個人，尤文輝對自己的職務是十分熱誠的。他每天來向我請示一些班級事務，爲同學講話，替同學請假。到訓導處替同學辦月票，繳伙食費等等，大小事情他都一總包攬，心甘情願的跑來又跑去。我越來越喜歡他，也越來越倚重他。他從未讓我煩心過，只有一點，他常常要用拳頭來威脅和壓制班上的反對意見，這使我心裏老懷着一股不安的情緒。爲了減少他和其他同學的衝突，我盡量去接近他們，甚至不惜在某些方面與他們妥協，結果我終於能得到他們某些程度的合作，比如說秩序、整潔和進出操場隊形等各項比賽的最後一名，不會每週總頒發給二年九班了。

學校二十週年校慶，爲擴大慶祝，舉行校運和園遊會。規定每班自己要搭帳棚，在劃定的區域，自由搭置，作爲比賽項目之一。班上劉興隆原答應將家裏塑膠棚借出來供班上使用，到校慶前一天要動手了才知道他父親已借給鄰家辦喜事去了。劉興隆向我報告時我着急起來，因爲臨時難再借到。尤文輝很豪氣的表示他有辦法。

「老師，您放心，全部交給我們。」他安慰的說。

「你到那裏去借？」我還是不太放心。

「我有辦法，請老師向事務處借二十把鐮刀，明天您來看，保管有棚帳。」他有點神秘兮兮的，連班上同學都懷疑的看着他，不知道他葫蘆裏賣什麼藥。

那天下午放假，我回到家以後仍放心不下，傍晚我再回學校，操場上各班都在忙着佈置，也有幾位老師在指導或帶頭工作的。二年九班幾乎全班沒有一個不到，忙得滿頭大汗。原來尤文輝出主意，他們到後面山上去砍伐竹子矮灌木等原始建材，這時四根碗口粗的竹柱子已豎起，頂上稀稀疏疏竹架也已纏緊。一些同學由山上源源運下竹子和帶葉的樹枝，幾個人在編織籬笆，尤文輝一邊揮汗，一邊把竹架一根根用鉛絲紮住，還不時叫同學推推柱子，看看夠不夠穩固。看大家忘我的工作，連我也熱心的動起手來了。

確實，二年九班的帳棚最特出，除開三面翠綠的樹籬外，連天棚也是翠綠的，一條條枝葉從上面垂掛下來，坐在裏面有如置身在叢林中。尤文輝給我搬了一把藤椅擺在正中間，正面橫額是林正弘的大手筆，紅紙上寫着「臥虎藏龍」四個大字，門口兩邊紮有稻草人各一，隊旗是粉紅頑皮豹。兩天的校運我坐鎮其中，看到我穿着胸前印有班徽頑皮豹的運動裝，再看看上面横幅的四個字，幾乎所有走過去的同事都要哈哈兩聲，似乎頗有揶揄的意思，不過我已懶得理會，有時也回報幾聲哈哈。但校長領着評分老師走過時，居然也哈哈了幾聲，可眞弄得我土頭土臉，甚至有人還故意把橫幅上的字唸成「臥狐藏蛇」，令人喪氣。不過，在這一個項目上，我們總算搶到了冠軍。

尤文輝辦起事來，確實不含糊。這個事實每位任課老師都不否認，只要有事，交待一聲無不辦得又快又好。但是在功課方面尤文輝之差，簡直使人無法相信，最讓我傷心的是他把我的歷史科考了一個個位數的分數，他不知道產業革命發生在那一國，他不知道拿破崙是法國人，他甚至連美國南北戰爭時的總統是華盛頓或是林肯都弄不清楚。兩次月考他除開公民得到六十幾分外，竟然沒有一科及格。我眞不知道他是怎麼讀的。

「你老實告訴老師，你到底有沒有讀書？」我問他。

「沒有。」他的回答倒很乾脆。

學校施行了一個很絕的政策，每週舉行三次抽考。凡是兩科不及格的人都要在星期六下午留校罰讀書，全班留校人數超過半數時，導師也要被請去監督。二年九班在其他方面都還可以應付，唯獨在功課方面是無能爲力了。我們把星期六下午的活動謔稱爲「歡樂週末」，由我主持，而尤文輝沒有一次不參加。我鼓勵他，逼迫他，要他專心到功課上去。但好像是一點功效都沒有，他讓我失望。

一天班上古春廷上課中突然暈倒。醫務室朱小姐無法處理，那天下午我課又多，於是尤文輝自告奮勇送他回去。我看情形好像也不太嚴重，就叫了車子讓尤文輝和林正弘一同負責。幾天以後，不幸古春廷竟然因爲心臟毛病去世了。尤文輝把這消息告訴我的時候，我爲了自己那天沒有親自處理而感到歉疚不安，同時也爲古春廷的不幸哀傷，二年九班唯一不太鬧的人就是他。

「老師，這不能怪我們。」尤文輝安慰我：「那天我和林正弘曾經先送他到鎭上邱內科打過針，醫生認爲送他回去沒有問題。打針的錢還是我和林正弘一同湊出來的。不相信老師可以去邱內科醫院看病歷表。」

「好，你們做得對，我沒有想到你們這麼週到。」我拍了拍他的肩膀，心中十分感激。

班上遇到這樣不幸的事情，生命無常的這種意識深深的震驚了每一個人，好像使每一個人都作了一番檢討，他們顯然安靜多了，似乎一下子成熟起來。古春廷人緣是不錯的。

我找校長報告這事，並將我在古家看到的淸貧的情形跟校長說明。校長立刻掏出五百元交給我，說是他自己出的一份慰問金，另外下條子讓我到主計室再撥五百元代表學校慰問。臨走又交代我幫古春廷家人申請平安保險。在這同時尤文輝發動募捐，不但班上同學罄囊支持，隔壁各班與古春廷相識的也都紛紛表示慰問。兩個小時就募了兩千多元。當天下午我把慰問金和大家哀悼之情，委托尤文輝先送到古家。我發現在這一連串事情當中，他的表現實在可佩，週到又得體。第二天古春廷的父親到學校來致謝，證明了尤文輝在古家的言行都很合宜。

看尤文輝的成績本來對他已經完全絕望，但是我覺得對他還沒有盡到最後的努力，我堅信他應該是可以造就的人才，趁星期六下午參加「歡樂週末」，我把他叫到辦公室，我要深入的去了解他。

「老師，我眞沒有辦法。」談到功課，他就沮喪起來，一派無可奈何的神情，那是眞誠的、痛苦的，發自內心的無望，絕不是隨隨便便的、不在乎的模樣，這又讓我感動。

「眞奇怪，拿你辦事的時候的精神去讀書，會很困難嗎？」我說，辦公室除開值日工友外沒有別人，我們都很適意，我還給他倒了一杯茶，那是我天天自己帶到學校來的。

「是啊！我也常常這樣想。但就是沒有辦法，拿起課本我心裏就茫茫然然，全身不舒服，連坐都坐不住。」他痛苦的說：「我寧願做任何事情，只要不叫我讀書。」

「怎麼會這樣呢？」

「我也不知道，小學時我成績很好，畢業時還領過縣長獎。我父親很關心我的教育，對我的期望也很高。他聽到私立初中管得很嚴，升學率很高，就把我送到那裏去。開始時我也一直能得獎，到初二下學期，也不知道是怎麼引起的，就是不想讀書，老師又管得那麼緊，一天有十多個小時逼着我們看書，我越來越難過，我爸爸不得不替我轉到市立中學去。國中老師却幾乎是完全不逼我們的，我不讀書也沒有誰理我，我就根本把功課丟開了，一直到現在，就是讀不起來。」

「你爸爸不管你嗎？」我說。

「我只要在家時擺擺讀書的樣子，他就高興了。他也不知道我有沒有讀書。」

「那你怎麼辦呢？就這樣拖下去嗎？」我不以為然的說。

「我也不知道，我從來不考慮這個問題。」

「你知道你會留級的，你不應該轉學到這裏來。」

「等留了級我再轉，高中連這裏我已經換了三個學校了。」他苦笑着說。「我知道自己沒有出息，我實在很對不起我的父親。從小他就鼓勵我，給我錢，隨我想怎麼樣就怎麼樣，只求我好好讀書，爲他爭一口氣。他只有我這麼一個兒子呢！」

「你父親做什麼工作？」

「他是農夫，我們的家種香蕉。他說耕種沒有出息，一定要我讀書。」尤文輝低着頭說：「我想進工廠做工去，讀夜間部大概會好一點。」

「你應該坦白告訴你的父親。」

「我沒有這樣的勇氣，他也不會聽我的話。他心中所想的我，和眞實的我是不一樣的，我眞恨自己沒有用。」他說。

「你腦筋很好，不要灰心，好好努力拚一下看看，有希望的。」我安慰他。但是我想尤文輝和我一樣，都知道這種話是全無意義的。

尤文輝走後，我心情忽然沉重起來，在辦公廳呆呆的坐了很久。導師，還是不能幹的。我最後結論。

除了功課差之外，我又發現尤文輝規矩也差。我倒不以爲在做人的大原則上他會有什麼差錯，只是我們平常看慣了規規矩矩的學生，發現尤文輝經常違犯校規，對一些我們視爲常規的事物視若無睹，總會使人對他產生壞印象。比如他跟附近職校的學生一同打牌；他在中山公園偸抽煙；他爬學校圍牆；還有他跟人打架的情報。我知道像他那麼身體結實一身精力的人，對功課又不下苦功，要他像女孩子一樣文靜乖巧是不可能的。我一面告誡他，一面鼓勵他多參加學校的各項運動，另一面則時時爲他擔心，怕他出事。

過了元旦假日，一個學期差不多就將結束了，尤文輝果然被逮到，他抽煙被高三女生抄到了姓名告到訓導處，記一個大過兩個小過的通知送來給我簽字時；我嚇了一跳。一時又急又氣，把他叫到辦公室痛罵一頓。我以爲可以平安渡過了，不料他又在教室關起門打架，偏偏教官走過教室，捉個正着。打架是要記大過的，這下尤文輝完了。

我不知道訓導處居然收集了不少有關尤文輝的資料。他毛病確實不少，訓導主任和教官都堅持要他退學，我又爭又求，最後還找了校長，才處留校查看。我把結果告訴他，要他等學期結束後再說。他倒很瀟洒的表示不在乎，令人氣結。

留校查看的處罰公布後，第二天尤文輝就沒有到學校來了。後來他給我一封信，終於他使他的爸爸明白了他無法再進修，答應他退學進工廠。他說他其實也不想進工廠，只是沒有其他的主意。要我代向班上同學道謝，支持他當了半個多學期班長。最後說他會永遠懷念我們，和這一段時光。事情已經如此了，我也無可如何。雖然這不是我所希望的結果。

停課的前兩天，我正在給班上同學複習功課，走廊上又響起硬底皮鞋敲擊地板的清脆的響聲。那種特殊的音響大家都很熟悉，那是尤文輝的！幾乎全班一致的翻頭看向窗外走廊。清亮的鞋聲由遠而近，終於停在前面。尤文輝筆直的站在那兒舉手敬禮，他使我回憶起他第一天來此報到的情景。

「老師，我來向大家說再見，我已經辦好退學手續，祝各位同學進步健康。再見！」他仍是老樣子，正正經經說完再一鞠躬，然後就轉身走了。

「尤文輝！」差不多全班一致的叫喚起來。轟然嘈雜的聲浪隨後爆開。要不是我制止得快，有幾個人早衝出走廊去了。我費了很長時間才把浮動的情緒壓制下來，但是我發現每一個人的眼睛裏都神采煥發，要他們集中精神已經顯然辦不到，他們爲尤文輝的出現所激動，畢竟大家相處已經很久了。不過，大部份同學所表現出來的，竟然是羨慕的神態。這是怎麼說的呢？

「這個可惡的東西！」我心中恨恨的罵着，眼淚差一點滴落下來。

「你們給我注意，看第三十五頁。」我大聲說。我要繼續灌輸他們知識，不讓他們絲毫鬆懈，這是我們這些老師們的責任：「你們要努力，不要管其他的事。」

窗外，飄起了雨絲，天已有些涼意了。

（六七・十・民衆日報）

河鯉

浮子定好深度，釣鈎上掛好魚餌，我立起身將釣線盡量往河心深處抛去，然後坐下來把釣竿擱在釣架上，整理好應用的器具，於是很習慣地將手指頭浸到清涼的河水中搓洗一番，再掏出香煙燃上一支，深深吸兩口。這個時候，口中緩緩的吐着煙圈，全身筋肉開始鬆散開來，擾人的雜務一點一點離我遠去，除開水面上的浮子，漸漸地任何思想都不存在了。

整整六天沒有摸到釣竿，如今又坐在蘆葦叢中，頭上斜插的黑洋傘遮去了陽燄，屁股底下坐着的是潮濕陰涼的河岸泥地，口中噴着煙霧，我神志慢慢恍惚起來，有着一種帶有倦意的滿足感，使我想起蜷臥在灶面上我家的那頭大公貓。

學校有幾個同事都愛好此道，開頭我就是拜曾老師學習的。由如何綁牢釣鈎、如何製餌開始。後來大家改釣池塘，曾老師又退休回家鄉去後，在這溪邊渡過大部份週日假期的，就剩我獨自一個了。所以古老師在河堤上叫我的時候，我不懂迷惑，而且有些不相信。

古老師伸出他那特大號的腦袋在河堤上張望，蘆葦遮住了他大部份的面孔。我站起來朝他招手，等他穿出了蘆葦叢，身後又出現一個花洋裝的女人，原來是林老師，到底夫婦要新婚，眞是夫唱婦隨。

「兩位怎麼會有這種興趣呢？」我笑着問。

「我們到府上去，陳太太說你在這裏，可眞不容易找啊！」古老師說：「這個潭眞大。」

「釣了多少魚了？」林老師急切地彎腰探視我浸在水中的魚簍。我把尼龍魚簍提到她面前，幾條三指寬的鯽魚在裏面蹦蹦跳跳，水花四濺。

「呀！好漂亮！」她驚嘆一聲，好像很意外，一面用小手絹輕輕擦去鼻孔前的汗珠和水珠。

「可以讓我試一試嗎？」

「歡迎！說不定妳會釣到一條大鯉魚。」我扯起釣線，重新換兩個新餌：「妳坐到傘蔭底下，看那個浮子，一抖動就把釣竿拉起來，要快！但不要用猛力。」

「好的。你們就去聊你們的天好了。」林老師說。

「原來古老師有事，是嗎？」

「也沒有什麼重要事情。」他笑着：「我想請教一個學生的問題。」

「行！我們上去，這裏會被太陽曬乾。」

我和古老師爬上堤岸，縮進濃密的牛蔘樹蔭底下。林老師在洋傘下守着釣竿，很內行的注視着水面浮漂，身邊古老師也正定定的看着下面那幅圖畫呢！

「于春程，你還有印象嗎？」他問。

「于春程？」我腦子中一片空白。教書的時間太長了，年年更換一批新面孔，除非十分特殊的學生，往往面孔和姓名無法連接起來。于春程，我無法引出聯想。

「現在在我班上，暑假輔導課不是你當導師的嗎？高高長長的，一臉黑斑。」

「哦——我有一點印象了，是不是老愛請假，掃地就偸溜走的……？」我說。

「正是那個樣子。一開始他就跟我過不去，好像我什麼地方得罪了他一樣。」古老師說着兩眉緊鎖起來：「早上我罵他一頓，第二節揹了書包回去了，跟同學說他要退學。」

「對啦！總是跟班上不合，主意又多，反正很多事情他都不滿意。」我已經有了比較淸晰的形象了：「呃？這次想用退學威脅你嗎？可惡。」

「我也弄不淸楚他到底爲的是什麼。原則上這個學生相當特出，你看過他的週記嗎？」古老師說。

「輔導課只上了六個星期，老實說，對這個班級我還完全沒有進入情況呢！」

「他的家庭不錯，父親是鄉公所的課長，對他期望很高。剛才我從他家來，見過他父親和他。于春程這個傢伙還眞固執，拿他沒有辦法。」

「被你罵得那麼重嗎？」我笑着問。

「眼看可以造就的青年不圖上進，我就氣得不得了，都高三了還那樣懶懶散散。可能我也說得太重了一點。」古老師說：「急不擇言嘛！他讓我太下不了臺了。」

「我相信古老師絕不會沒有理由罵人，全校學生都希望你當導師呢！」

「慚愧！可是于春程一開始就不高興我了。」古老師長長的嘆了口氣。

「像這樣不知好歹的人，由他去就是了。管他幹什麼呢？」

「總是由我引起的，良心上我不得不想辦法。再說都高三了，現在放棄，太可惜了。」

「那麼，古老師的意思是……」我又覺得迷惑了，畢竟我已經是局外人。

「陳老師大概不知道，于春程好佩服你。週記裏說什麼都要引你的話證明。本學期開學後改派你擔任高一導師，他最火大，發過好多次牢騷呢！」

「有這種事！」我十分意外，也頗有受寵若驚的感覺。其實對于春程，我印象不佳，記得曾把他叫到辦公室談過兩次話，只是那時剛接他們那班，所以稍爲容忍他。他不是聽話那一類型的學生。

「古老師的意思是要我去勸導他嗎？」

「正要拜托你哩！他對我懷有敵意，似乎他總認爲是我擠走了你一樣，眞沒辦法。」

古老師攤攤手，一付莫可奈何的姿態。他的認眞嚴格和愛護學生是沒有誰比得上的，我跟他沒有什麼特別的交情，但一直很敬服他。此時看他攤手，我也只有笑了。老實說，暑假結束後學校派他接任我原來帶領的班級的這件事，我並未能完全釋懷，自然我也知道這不能怪怨他。只是沒想到學生也會爲這事留上心。

「好吧！我明天早上去試試。」

古老師掏出記事簿，前後翻動着，要找于家住址給我。這時底下林老師忽然尖聲高呼，十分興奮。我反射的跳起來就滑下了堤岸。釣竿已經被高高舉起，釣鈎上，一條兩指的銀白的鯽魚正隨着釣絲的擺動在掙扎跳躍，日光下閃閃發光。

「拉得那麼強，掙得那麼厲害，我以爲是鯉魚呢！」林老師呼吸急促，面頰更紅得像蘋果一樣了。

說服于春程我很有信心，任何人在這種時候都不可能傻到放棄即將到手的文憑，何況又沒有什麼大不了的事，跟導師賭氣只要輕輕抒發一下就行了。吃過晚飯就依址找到了于家，然後載他到鎭裏，就在農會廣場上賣牛肚湯的攤子坐下來，爲他叫了大碗牛肉麵，于春程跟他爸爸鬧脾氣沒有吃晚飯。我燙了一盤牛肝，要了一杯米酒，陪着他慢慢啜着。

于春程當然知道我的來意。我認爲兩個人到了四周都沒有親熟可依的地方，吃一點東西，可以消除敵意，甚至可以使人撤盡藩籬，看到對方赤裸的感情，找出問題的核心。過去我就一直用這種辦法，到這種時候這些大孩子幾乎就毫不保留了。我不着急，于春程也很能沉住氣不動聲色。我看着他把一大碗牛肉麵吃完。

「要不要再來一碗？」我問他。

「夠了，吃不下了。」他說。

「來一杯好不好？」我指指桌上的米酒。

「不要！」他很認眞的搖頭。

「沒有喝過嗎？」

「喝過，但是不喜歡。」

「那麼，來碗牛肚湯好了。」我說。

「好吧！」

頭上紮了條毛巾作日本小販裝扮的老闆很快將熱氣騰騰的牛肚湯送到了他前面桌上。

「你怎麼跟古老師說不讀了呢？」我問他。

于春程把醋精灑了幾滴到碗裏，用湯匙在小碗中攪着，兩眼凝望着肉湯由透明變成乳白，然後抬頭勇敢地看着我。

「老師，我眞不要讀了。」他語氣很堅定。

「到了今天才放棄，」我搖搖頭：「太可惜了。」

「一想到這點，我的確感到心茫茫的，又害怕又難過；但是再想一想，好像應該捨棄，不這樣不行。」他說，然後苦笑着補充：「反來覆去的，心頭很不安定。要自殺的人大概就是這種心情吧！」

「不能再拚一陣子嗎？」

「淨為一張沒有用的文憑，我不啦！」他說。

「以你的程度，再拚一下應該可以考上大學。文憑你可以不在乎，不成把自己一生都拋棄不顧了嗎？」我說。

「老師，沒有這麼嚴重吧！我又不是要自殺。」

「怎麼不嚴重呢！讀書人丟掉學業；農夫丟掉鋤頭；軍人拋開武器；……」

「老師，」于春程鬱鬱地打斷了我的話：「我不想做讀書人了。」

「呃？」我吃驚地看着他。

「我不知道再混下去要做什麼！」他說：「我覺得一個人要有自知之明，我沒有什麼大理想。」

「哀莫大於心死！你難道忘記了暑假中我告訴過你的話嗎？」

「老師，就是因為我常常想着你的話，所以我才能做這樣的決定啊！」

其實我也忘了自己究竟跟他談了些什麼，總不外是鼓勵他上進之類的話吧！于春程的回答把我給楞住了。

「我當時跟你怎麼說的？」我問他。

「老師說了很多道理，現在我雖然不能全部記得，但我知道你的話很實際。一個人是應該自愛，總要爲自己多想一想，找一條最適合的路去走。」他說：「老師還說，迷迷糊糊渡日子，將來失敗落魄了，別人表面同情你，內心却暗自慶幸倒霉的不是自己，甚至幸災樂禍的人也不少。不錯，連父母都有偏心呢！再這樣混下去，除開再浪費時間，我不知道會有什麼收穫。」

「那你不是更應該拚一下嗎？考上大學給大家看。」

「我考不上，老師你知道。」

「照這樣子當然沒有辦法，還有七八個月，可以全力準備。」

「如果拚命去讀還考不上呢？」

「至少有了基礎，補習一年就沒有問題了。」

「還不是一樣老套！考不上，好，補習；再考不上；再補習。」于春程忽然激動起來：「一天到晚捧着那幾本書，死記死背的吞往肚裏，我眞煩死了，這樣的日子沒有意義，簡直是浪費。」

「學習的過程本來就是痛苦的，你以爲孔子天生就是聖人嗎？」我也扳起面孔了：「人類幾千年的生活經驗，濃縮在教科書中，讓你們幾年裏先做一個通盤的瞭解，作爲你們將來生活的基礎，這樣的學習你認爲是浪費，是無意義嗎？」

「我要學習，但我要眞正學習，學習那些有用的東西，廣博的知識、生活的技藝、甚至藝術和道德都好。但是你看看我們每天到底在做什麼呢？我們天天在背聯考試題，除開針對聯考試題的事情外，一切都不必要。」于春程眼睛發亮的說：「尤其是古老師，他的辦法更徹底。看報紙是浪費時間，偶而看看課外雜誌書刊什麼的，簡直就成罪惡了。我實在受不住這種精神壓力。」

「古老師的要求嚴格一些，也是爲了你們大家好不是？聯考競爭得那麼劇烈，不用特別的手段，怎麼可能必成哩！古老師就是這樣走過來的。」

「我不知道這樣拚死拚活的，到底爲的是什麼？是不是值得？」他說。

「你不是說要學習嗎？大學正是你研究學問的最好場所，你可以在那兒很方便的追求你想要的各種知識。」

「但是老師你不是就沒有進過大學嗎？」

「不錯。這是我一生最遺憾的一件事。」我說。

「我們班上大家却最佩服你。你看，十萬人去拚命，考得進去的只有兩萬多，值得嗎？」于春程搖着頭：「像楊清淼他們，……算了，算了。」

「楊清淼又有什麼事啦？」我問。

「楊清淼他們那幾個人腦筋不好，平時考試都沒有幾次及格，居然也由着古老師鼓勵，說什麼只要苦功下得夠就有希望等等，實在殘忍。」于春程語氣憤憤的：「看他們一心一意準備應考的執着模樣，我很懷疑自己也跟他們一樣，那不是十分愚蠢的事嗎？」

「人一能之我十之，人十能之我百之，有志竟成，難道你沒有聽過？」

「老師，你眞相信這種話嗎？」

「這本是至理名言嘛！」

于春程低下頭不作聲了。

望着眼前倔強的青年，我漸漸失去了信心。于春程比我想像的還要複雜！我很想問他，是不是全不渴望將來出國留洋什麼的，哪一個青年沒有做過這種夢呢？但面對于春程，這些使我更覺俗可不耐。於是我只好一口一口的喝着米酒。

「老師，高二才一開始我就不想讀了。」于春程申訴地說：「我數學很差，理工科沒有辦法，只好選讀社會組。其實我對文科和法商都沒有什麼興趣，更談不上愛好了。何況，就是考也難考得上，混下去不是白費嗎？」

「但是你不是也堅持了一年多了嗎？」

「都是我爸爸，逼着我拖到現在。」

「父母望子成龍是很自然的事情，你父親還不是希望你能出人頭地，成龍成鳳。」

「算啦！像我姊姊，國立大學畢業，不知道費了多少精神，忍受了多少委屈才爭取到上寮的山間當國中老師，常常天大黑了還回不到家，還常常一把眼淚一把鼻涕的，這算那一條龍呢？領單身薪水，一個月五千塊錢還不到，我爸爸還希望我也像姊姊哩！」

「像姊姊當老師，敎育後進，有什麼不好？」

「像她？沒出息！」

「喂，你不要忘記了我也是敎書的人！」

「啊！對不起，老師，你是完全不相同的。」

「國中和高中，完全相同啊！」

「我不是這個意思，我是說……我是說你看起來就是老師！就是說……不可能不是老師！」

「啊——？」我深感驚訝，不由瞪着他看。

「這……我是這樣覺得的嘛！……」

于春程笑起來，顯得有些尷尬。我却爲了他的話而突然感到心情沉重。原來是這麼明顯，連學生都感覺出來了，果然我已成爲敎書匠。從什麼時候開始自己安於目前狀況的啦？確實有很長很長一段時間生活是一片空白，是從自己執釣竿的時候開始的？不，在那以前很久自己就沒有目標了。我狠狠喝了一口米酒，然後默默的任由酒精在心胸間衝激翻滾。

大概我額門的血脈憤張開來了，于春程看我正忍受着酒精的煎熬，他反而安慰似的伸手過來拍拍我左手手背。

「老師！」他說：「我看大學畢業後還是要工作賺錢生活。只要我能賺錢，不是都一樣嗎？」

「唔！」我點點頭，神志有些恍惚。

「讓能讀書的人去讀。我已經白白浪費了兩年了。」

「問題是，你憑什麼去賺錢呢？」我問他。

「泥水師父一天工錢就有三百塊錢，據我所認識的幾個人，連國中都沒有讀，人家要蓋樓房還不是拜託再拜託，奉承得他好好的？就是當泥水小工，也有一百八十元的工錢。」

「你肯去當工人做工嗎？」

「我願意從頭做起，我認爲那只是觀念問題，我不在乎。老師，做一個更實際的人，難道我不對嗎？」

于春程的態度很誠懇，眼光透着一股企盼的神色。我明白他是很迫切需要我來贊成他，甚至鼓勵他，使他對自己的想法更有信心，使他可以提起更大的勇氣來跳出種種約束。我直視着他的眼睛，心情却更加沉重了。漸漸的，于春程的面容在眼前模糊消失了，我看到的是幾十年前的自己，初中剛畢業，正爲了考取師範學校不肯去報到，跟父親爭執。父親堅持要讀師範，而自己一心想唸高中考大學。記得那時滿懷理想，好像整個世界都擺在脚下，只要自己考上大學，世界就是我的。而最後終於在家庭環境和父親的哀求下，關閉了希望之門，那是多麼痛苦的回憶啊！那種失意的感覺一直鞭笞着自己，多年來，總是想着要追求什麼，使自己通過檢定考試，由國小到初中，再到現在，失意的感覺固然是減輕了，但那不是消失，而是經過了那麼長一段歲月，事實上，它是痲木了。只有在校長不放心把升學班交給你，改派你擔任高一課程時，它在心中翻騰一陣，然而只要坐到河堤上，注視着浮子顫動，一切也就不在乎了。

依自己喜歡做的事情去做，有什麼不可以呢？我再定下心神注視于春程，只見他這時一臉焦慮，正在等着我的鼓勵。於是我朝他笑笑。

「人各有志，社會有各種樣的人，只要脚踏實地，本來什麼事都可以做！」我說。

「那麼，老師，您贊成我退學啦？」他的眼睛突然發出光采。

我知道我的意見很可能左右他的一生，決定他的命運。突然我感到猶疑了，我有什麼權利可以這樣做呢？離棄正規的途徑於他究竟是吉是凶？固然我不執着於常規，但是萬一他將來失意，我能負起這種責任嗎？而且我記起了此行的目的，想到了古老師和于春程父母的托付，於是我沉吟起來了。

「老師，你說呢？可以嗎？」他追問着。

我越來越恨起自己來，因爲我知道自己會怎麼說，而于春程仍在天眞的等着我的忠言呢！

「你眞要老師替你出主意嗎？」我問他。

「是的！」

「那麼你一定聽老師的決定？」我把香餌拋下去了。

于春程只略作考慮，然後終於毫不遲疑的點頭了。

「好！那麼你不要多想，老師絕不害你，星期一你回學校去上學，一切等你畢業後再說。好嗎？」

「是的！」他說。

送走于春程回到家中，老妻和女兒連續劇正看得入神，想是劇情正到高潮，只見母女倆不住舉手抹拭眼角，鼻子還絲絲的吸着氣。

酒氣陣陣上湧，我覺得又躁又熱。把摩托車推進屋裏，妻和女竟然連頭都沒有抬起來注意我一下，使我原本苦惱的心緒更加不快了。加上唇乾舌燥，使我覺得自己像那已點燃引線的爆竹，這時候最渴望的是用清涼的水來沖沖頭臉，然後喝一杯濃茶。

浴室裏首先衝進我眼睛的，是躺在地板上我下午釣回來的那條大鯉魚。這時滾圓的魚肚正微微仰向天花板，翻出大片雪白顏色。我猛受一驚，連酒氣好像也消失了。魚身軟軟的，捧在手中還能感覺到肌肉的輕顫。於是我旋開水龍頭，把魚嘴湊上去，讓湍急的水柱自魚口沖進去，由魚鰓流出，並用姆指和食指一次又一次規律的按壓魚鰓，做着人工呼吸。

鯉魚和鯽魚的生命都很強靭，離水半個鐘頭還可以活起來。每次我釣魚回來，就把浴缸放滿水，將魚養在裏面。我們全家人洗澡仍然習慣用鉛桶，老妻有時又懶得宰殺，浴缸也就暫時成了魚池了。

經過一陣急水冲救，我的掌中又感到生命的蠕動了，接着魚鰓不必再借我的指壓，又開始一張一合的吸水，於是我把牠放回剛才牠自那兒蹦躍出來的浴缸。雖然稍顯軟弱無力，但牠還是穩定地慢慢沉向缸底，搖搖擺擺的努力穩住身子。我是傍晚臨收竿前釣到牠的，在將牠撈進魚網之前，眞沒有預料到牠竟有這樣巨大，怕有兩斤以上吧！

河鯉的肉特別結實鮮美，而一斤以上的河鯉已經不多見了。釣河鯉和池鯉是大不相同的，池子裏的魚已經早失野性，比較起來是那麼軟弱，連肉都顯糜碎，上鈎後幾乎不必費什麼精神就可以撈起來。河鯉生活在湍急的溪流之中，筋骨是如此強健，牠掙扎時力量猛烈得驚人，釣絲被繃拉得筆直如弦，隨着牠左右廻游，畫過水面，震動空氣發着咻咻尖銳的鳴聲。那眞有如一場生死搏鬥，我需要用兩手握緊釣竿，隨着魚游的方向移動，全身每一條肌肉、每一根神經都繃緊了。我必須使釣竿和絲線保持垂直的角度，利用竿尾良好的彈性來緩和魚的拉力。水底魚兒奮勇抗拒的力量毫不含糊，它沿釣絲傳到釣竿，又由釣竿傳到我的手臂，那種應手的感覺太美妙了，它會使我的精神整個亢奮起來，這也是賭徒和冒險家所追尋的樂趣吧！

對我釣的這條鯉魚來說，我釣鯽魚所用的釣線和釣鈎都嫌太小太小了。像牠這麼巨大，只要能忍痛猛然翻身或躍跳，不是釣鈎拉直就一定把釣線拉斷；或是剛上鈎我提起釣竿的那一剎那，猛然向河心游去，不護痛廻游，那麼我也就將要沮喪地望着牠游走了。其實我根本沒有預料牠有這麼大，甚至也不知道水底下釣到的是鯉魚、草魚或鯰魚。我只感到我手中正控制着一個野性十足的生命，享受着牠爲生存在我釣絲那頭掙扎抗拒所給我的強者的喜悅。我牽動牠左右畫着8

字形，用勁不大不小，剛好夠讓牠不停的游走，我不急於把牠拖上水面。在這時候我常常也會自覺殘忍，但我却無法抑制自己野性得到滿足的愉悅。

水由浴缸邊沿溢出來，嘩嘩的流落地板上。我關了龍頭走出浴室，看電視的母女倆終於因爲廣告而得以暫時解脫了。這時老妻眼淚已經擦乾，一付自在滿足的慵懶模樣。而且好像這才發現了我回來似的。

「看你釣那麼多魚回來，又沒有人愛吃，弄得滿浴室臭魚腥。趕快拿去送給人家，看誰要。」老妻說。

我關掉浴室的燈，不想理她。

「爸，那尾鯉魚眞大，不是在菜市場買的吧！」女兒頑皮的笑着。

「胡說！」

母女兩個咭咭地笑着，低聲的不知道嘀咕什麼。

「爸，媽媽說以後只要釣那麼大的就行，鯽魚不要了。」

沒有等我罵她，螢光幕又將母女兩個人的注意全部引去了。我走上樓梯，經過老二的房門口，西洋熱門音樂的聒耳聲浪直衝出來。推推門，已經由裏面扣上了。正想敲敲，歌聲戛然停止，想是知道我在門外。於是我走回自己的臥室。

初三了，強迫他有什麼用呢？求學要自愛才行，我希望他們兄弟都能上大學，把自己從前得不到的幸福給他們，可是沒有用，老大只能讀讀五專，老二也不想上進。強迫是無益的。我又想起于春程來了。

想到于春程，我便覺得慚愧和煩躁，好像酒氣又湧起來。我眞不想看到他那沮喪的神態。我送他回去，一路他都默默的不講話，但我知道他星期一會回學校來的。釣絲雖然很細，但是要想掙斷它却也要有相當大的勇氣啊！不幸的人兒，爲什麼他不像別的學生一樣呢？我不知道自己的做法對或不對，對于春程將來是好是壞。當然，如果他是我自己的孩子呢？不管是老大老二，我會毫不考慮讓他繼續完成學業，那是絕無疑義的。但又如果我自己就是于春程的話，是否也一樣的有自信？我發覺自己太老了，實在已無法設身處地作如此的比較了。

還是釣魚好！想來想去莫如明天一早到竹仔潭去。於是我又下樓拿釣具來整理，我要換一付新的釣線。

鯉魚又從浴缸裏跳出來了，我聽到潑喇潑喇的跳躍聲，再度將牠捉回缸裏去。這個時候跳已經太遲了，現在只有安安份份的待在浴缸裏才對，那樣才可以活得更久些。

明天，或許我該把牠放回河裏去吧！我上樓時這樣想着，不過，連自己也不太肯定。

（六六・十・臺灣文藝）

余忠雄的春天

三月初了，南臺灣的春天一直是陽光朗朗，有如盛夏。昨夜裏一陣春風，驟然又帶回了冬天的寒氣。常聽父親唸農諺說：「正月凍死牛，二月凍死馬，三月凍死耕田者。」眞不相信天氣還會冷得這麼厲害。余忠雄早上起來，發現天空陰沉沉的，雨絲直到他上學時還在下着，心想大概不會舉行升旗典禮了，不意到學校後雨竟然全停住了。

今天星期三，第一節課是週考。余忠雄前一天晚上看書看得伏在桌上睡着了都不知道，大概受了一點涼，早上起來覺得有些頭痛鼻塞。整個早自習時間他都感到昏昏沉沉，聽到教官廣播要樂隊預備，不由得皺起了雙眉。

「怎麼，這樣的天氣也要升旗嗎？」

「等下還是要下雨的啊！」

余忠雄後面，博士和阿土的聲音在嘀咕。反正要升旗了，講這些話又有什麼意思？他突然感到心裏煩躁，但隨卽又壓抑了下來。還有太多的公式變化要牢記，等下週考的科目是數學，據傳是六班的怪老子出題，他專愛找特例考人，出題又沒有範圍，眞有點令人緊張。余忠雄利用着每一秒鐘時間，眼睛貪婪的獵取着營養，留意公式的每一行變化，恨不得把書本都吞到肚子裏去。這次再考不好，眞該死啦！他心底一直這樣告訴自己。

「今天當眞有冷啦！」

排隊時好友劉金財挨到他身後親切的跟他打招呼，整早上他們各自專心功課，還沒有交談過呢！余忠雄這時方才感到心境稍微開朗起來。

「預備得怎麼樣啦？」他問。

「希望可以應付。不過是怪老子出的題目，很難講。」劉金財苦着臉笑着。

「我頭痛，大概凍着了。」

「下雨嘛！怎不多穿一件呢？」劉金財很關切的說：「我有綠油精，你要不要！」

在鼓樂進行曲中，隊伍開動了。他們一同踏着大步，心情一暢快，連頭痛似乎都消失了，不猛搖頭還眞感覺不出來哩！

操場的風特別強勁，又潮又冷，凍得大家面色發青，縮頭縮手的抖索着。余忠雄希望典禮趕快結束，好做做晨操，活動一下筋骨。好容易升旗完畢，司令官正要跑出行列向校長敬禮，結束典禮，校長却轉身大步走向司令臺。慘啦！他心中暗暗叫苦起來，四周也同時響起了竊竊議論的聲音，全是憤怒和不滿的音調。訓導古主任和教官立時都走近隊伍前，很明顯有威脅和鎮壓的作用。他偸眼看看導師，導師一向跟他們同站在一條線上，這時他却背負着雙手注視着遠處青山，一副不相干的神氣。最後議論聲還是安靜下來了，風太強勁，薄薄一件夾克實在不夠暖和，好像冷得同學連生氣的精神都已失去。而且校長由麥克風透出來的聲音也實在太響了。

「各位同穴，昨天晚賞七點鐘，有一格工人向我報稿，他早上經過我們穴校，看倒有男逆穴生在那邊圍牆弟下擁堡打凱士……。」

校長指着左邊一排木蔴黃樹說，語調相當激動。全校同學在楞了片刻以後，忽然轟笑的聲音從四面八方響了起來。

「那裏有這麼無耻不要臉的穴生！這事傳出去被外人知道，多麼敗壞穴校的命譽。」校長不顧底下騷動的情形，繼續憤怒的叱罵：「校長肚皮都要氣得爆扎掉了。我要教官去調查，查出衣候，一定嚴厲初分，你們大穴考不上，一天到晚談亂愛，才這麼小，公然擁抱打凱士，成什麼踼統。……」

北方飄來的寒氣好像全散光了。同學大部份情緒昂奮歡悅，全都咧着嘴開心輕笑着。劉金財隔着三個人，朝余忠雄直擠眼睛扮鬼臉。余忠雄這時却混身不自在，校長一聲聲無耻，不要臉的責罵，使他想到自己的荒唐，於是他感到校長的指責是直接對他而來的了。雖然在學校擁抱接吻的不是他，甚至是誰他都不知道，但他有一些急於想要忘懷偏偏又摔不掉的回憶。

校長還在不斷轟炸，他用他帶着濃厚土音的難聽的國語痛罵着，好像犯了這該殺的罪過的是全體學生。凡是有損校譽的事他都深感痛恨，尤其是男女學生之間的問題，平時有人敢在走廊上交談的，被他發現了都要記過，公然在學校擁抱接吻，眞要嚇壞他了。

余忠雄在寒風裏迷迷糊糊的站立着，校長機關槍一樣的責罵聲他聽而不聞。雖然不斷的自責，但是他的思緒不由得又飄向那溫馨的甜美的夢境，腦海中不斷浮現的是靜梅姣好的臉龐和窈窕的身姿，甚至他還能感受到她溫膩的肌膚和芬芳的體香。這些正是他一心要克服的誘惑。

「……你們這個是候應該全心杜書，不可以一心兩用。穴生不認眞杜書，怎麼對得起國家？……」

校長說得對。余忠雄猛然搖着頭，搖得頭痛眼花。等下我要考數學了，除了讀書，任何雜思都要從腦海中驅除掉。一切只有一個目的：考上大學。

第一節上課鈴響了，校長終於意猶未盡的走下了司令臺。余忠雄又急又氣，等下考試時間又不夠用了。但看看周圍同學，人人笑嘻嘻的，好像每一個人都那麼滿足快樂。他最不滿意校長漫長的訓話，每次都一樣，意思不多，反反覆覆，其實十多分鐘的話裏，不外是學生不可以戀愛，應該用心功課，在學校親熱，敗壞校風，如此而已。

在這所鄉下省中，余忠雄和劉金財都是用功的好學生，國中時代原有些實力，考上城裏省中大概不會有太大問題，只因爲家庭環境較差，兄弟又多，他們有自信在鄉下也不會輸人，而且不需要離家寄宿在外地，不致太增加家庭的負擔。所以他們一直很努力，兩個人彼此作對手相競爭，雖然成績已經不錯，但也從不敢懈怠。所以，凡是可以用來刺激自己讀書的方法，再苦也都樂於接受，只差沒有學古人吊髮錐股。校長爲提高升學率，實行每週一、三、五週考的制度，兩科不及格的人週六下午留校罰讀書，同學們戲稱爲「週末俱樂部」，爲此叫苦連天，但余忠雄和劉金財一開始就由衷贊成，也都心甘情願去接受折磨。爲了不使自己分心，他甚至狠心扮演了負心的角色？割斷甜蜜的初戀，更將它視作他上進的阻礙，他覺得銷魂蝕骨的柔情會消磨掉他所有的志氣。對於愛情，他又怕又愛，又想排拒却又刻骨銘心的思念着。最後，只好把這也視作一種試鍊了。

數學題目不多，塡充和選擇都易於應付，但是計算題的部份却難住他了。一定不錯是六班怪老子出的題目。每次爲求自己班級成績好，他總是找一些特殊的題目來考學生。且在有意無意間暗示六班的同學留意。對於這種不公平的做法，余忠雄是很氣憤也很不以爲然的，同時他也很不服氣，他不相信自己就一定會比六班同學考得更差。但現在，一題三角不等式和一題空間坐標就佔二十二分，他不敢說題目太深，只是太偏了。正是他以爲不重要而忽視的地方。

余忠雄苦苦的回憶着，希望理出一些頭緒。但他越思考就越覺得冒火。後面博士有規律的輕踢着他的凳子，他不耐煩的皺着雙眉假裝不知道，但對方相當堅持，使他不理會也不行。每次博士遇到困難，總會忍不住向他求援，希望從前面得到些微的提示，有時余忠雄也故意把卷子推向桌緣，滿足他的要求，他不在乎博士，因爲他不是自己競爭的對手。但有時博士的行爲也令人覺得不耐，甚至是可恨的。他有時明明抄了余忠雄的答案，出去後却告訴別人自己如何回答，而且面有得色。就如此刻，余忠雄對博士輕踢凳子的事感到生氣了。

「敲要死啦！我也不知道哇！」

余忠雄聲音壓得很低，但監考簡老師銳利的眼光却立時掃視了過來，嚇得他趕緊低頭假裝沉思。高三了還作弊，只要被人這樣懷疑就夠跳河去了。

博士再等片刻，終於無可奈何的出去交了卷。余忠雄看看手錶：八點半，離下課還有二十分鐘，環視一下教室，已經有半數以上交了卷出去的。後面，劉金財仍在埋頭演算，全心全意的。於是他從頭把可能用到的公式一個一個寫在卷背，寫完後一條一條檢視一遍，却頹然發覺全都不相干。上三角不等式時，數學老師曾表示這裏不重要，絕少出題，而當時他正硬着心離開了靜梅，心裏的衝激很強烈，患得患失，只差沒有病倒。算來這也是靜梅給他惹來的禍害。哎！靜梅眞是剋制他的魔星，只有她能這樣弄得他神魂顚倒。他繼續檢視公式，眼前幌來幌去的，却是靜梅的臉孔。他不自覺的在卷背描畫起來，慢慢勾勒出一個女孩子臉蛋的輪廓，細細的眼睛，挺直的鼻樑，特別是柔軟豐潤的雙唇，那是他輕啄深吻過無數次的情愛的蜜罐。想到此，他就立刻混身滾燙起來，四片嘴唇合在一起輕磨蜜合的初吻的感覺在他內心盪漾開來，幾乎使他打起寒顫。卷面上的題目早就看不見了，他網膜上顯現的，是紙張後面渺茫淒迷的夜的景像；溪邊銀合歡樹底下河堤水泥地上，靜梅暖和的軀體斜倚在他胸前，他只感到滿滿一懷抱甜美的柔情和醉人的馨香。淙淙的溪流在耳邊輕唱，應和着四周熱鬧的蛙鳴。他做起夢來了。

突然校長的聲音爆炸般的從心底響起，那一聲聲無恥、不要臉的責罵，像針尖樣的刺人。余忠雄搖了搖頭，回到了現實的世界，眼睛又看到了試卷上他無法計算的兩個題目，而他用原子筆在翻過來的卷上亂塗出來的少女的臉部輪廓，倒眞有三分像靜梅的模樣。他吃驚的用筆把它慢慢塗去。簡老師巡視過來了，看看手錶：八點三十五分，才過了短短的五分鐘；他有些驚奇。後面，劉金財仍然在專心的書寫着。他覺得空氣已稍轉暖和，窗外黃黃的日影無力的照射着玻璃，畢竟是春天了。

匆匆交完卷子，余忠雄習慣的揹起書包就走向爬滿九重葛的涼棚底下。他總是和劉金財在這裏檢討，聲音卽使高了一點，也不會傳到教室裏去。劉金財還沒有出場，他在鼻孔前、太陽穴上狠狠的塗抹着綠油精，辛辣的油氣冲得他眼睛都睜不開。班上不少同學都聚在走廊底下興緻勃勃的討論着答案。余忠雄自己一個人懶懶的翻出數學課本，他不想去擠熱鬧。翻開書頁，躍入眼瞼的却是他自己所寫的兩句警句：

壯士尙須斷腕，我何人也？

不成功便成仁，義無反顧！

這兩句話是他離開了二姨家以後，在心情還很激動時寫下來的。一方面爲鼓勵自己，一方面也在撫慰自己碎裂的心。從那以後就沒有再見到過靜梅了。

連交一個女朋友的權利都沒有，眞令人悲哀呀！余忠雄一想起靜梅已經離開了他的生命的這個事實，就感到手脚乏力，好像自己整個生命的活力都被抽走了。離開靜梅可比斬斷手臂痛苦得多了。雖然分手已經兩個多月，他却一直弄不清楚自己這樣做値不値得，不過，有一點他可以肯定，那便是他不狠下這個心，就絕對定不下精神來專注功課，而七月初就是大學聯考的日子呀！

兩個多月了。當靜梅接到他的信，要她退還所有他給她寫的情書時，她的痛恨和傷心是他不敢去想像的。他恨自己絕情不義，但他認爲自己別無選擇。不切掉這段戀情他無法靜心，日日夜夜閉眼所看到的無非是靜梅的身姿臉龐，幾次考試失敗，劉金財的成績已經超出，他不得不把靜梅視作自己上進的阻礙，硬着心要排除掉了，靜梅遵照他的意思將一年多來他所給她的書信全部都包成一綑寄回給他，連同他們一起合拍的一些照片和他送給她的別針飾物。包裹上只寫了他的住址和姓名，她沒有多附一個字。一切就這樣結束了。靜梅會了解他的苦痛嗎？當天晚上他就懷着壯烈的心情，把一大包的信件全部焚燒乾淨，並發誓絕不再談戀愛，隨即他就在每一本書的扉頁上寫下那兩句警語。

不過要忘記靜梅是不可能的。高二那年冬天，因爲學校輔導課排在第八節，下課後天已全黑，要回到山區的自己家裏很感不便，於是住在鎭區邊緣的二姨要他搬到那兒去，用脚踏車上下學就近得多了。陳靜梅家就在二姨丈伙房後面，進出都要經過二姨家門前小路。第一次見到她時，他幾乎驚爲天仙呢？想到這點，他就不由得不開心，靜梅是那一帶公認的美女，多少人想追求都沒有成功哩！她平時在街上洋裁店替人剪裁，也敎了幾個學生。國中畢業後，她遠到臺北去跟隨表姊學藝一年，回鄉後就成了手藝不錯的洋裁師，除開農忙時家裏幫幫忙，就是上洋裁店工作。他們國中同屆，只是余忠雄小學時曾經留級一年，靜梅比他小了八個月。

余忠雄從來沒有想到過要交女朋友，雖然國中時他讀了些文學書籍，對愛情也很嚮往，但也只限於偶而遐想做做白日夢，他的心思並沒有放在這方面。看到靜梅後，好像他深藏的本能突然被引發喚醒了一樣，使他在背誦國文或演算數學習題時，會停筆發怔，也眞正領悟到了什麼叫做輾轉反側。

靜梅的美是很古典型的，她的態度冷傲中帶有些親切。他見過她傍晚在禾埕上逗孩子們遊戲，調皮而又不失慈愛；他見過她和女伴們打鬧談笑，活潑中仍能顯出端莊；偶而有幾個男孩子去她家走動，甚至在路口吹口哨，這令他深感氣惱，等到發現她對那些人冷冷淡淡或視若無睹，則又很感高興和安慰。

原先他並沒有想到要追求她，對她的美也只站在欣賞的角度。每天早上他五點多起床！很習慣要到田野間去背誦國文或英文，回來時常在門口碰到她肩掛着衣籃要到大河去洗衣服。每次彼此都嚴肅又客氣的點頭爲禮，漸漸熟識後也交談幾句。直到有一次，他爲了讓路給她，踩了一個土坑顛躓了一下差一點跌倒。對他的狼狽相，她先是輕笑出聲，隨卽又關懷的上前去扶持他。他立刻就站穩了，而靜梅這時緊貼在他的身前，她的頭髮幾乎就要觸到他的鼻尖，一股剛離被窩的少女的體香濃濃的直衝進他的腦門。當天晚上他就寫下了第一封信。

除開給她寫思慕的信以外，他也常常特意守候着等她出來好跟她閒談幾句；或者乾脆跟她的弟弟阿忠交結，到她家去做客。學校的功課很緊，他並沒有因此而鬆弛懈怠，追求異性的刺激倒成了他枯燥學習生活的點綴，不但充實了他的生命，並給了他更多的活力。他對靜梅的追求並不積極和熱烈，但是態度却是很誠摯的，但也從沒有考慮靜梅會不會接受他，或者一旦追求成功了要怎麼辦。就這麼斷斷續續的用着精神，幾個月以後靜梅很自然的成了他的密友。

眞不會相信，原來愛情會有這麼多煩惱，不管你得到或得不到。余忠雄很快就感覺出愛情的負擔了。約會交往固然充滿刺激和甜美，但也有不少問題需要他去應付。首先是經濟問題，他沒有足夠的零用錢可以花用，而他的自尊又不允許他接受靜梅的接濟，於是他必須找理由向父親要錢。其次是時間的問題，與靜梅見面的次數越多，他複習功課的時間就越少，使他爲功課天天緊張。再就是責任的問題了，他越發覺靜梅的善良和純眞，他就越感到靜梅對他的信賴是沉重的負擔。雖然陳家世代耕種，但靜梅舉止自有一種風度，跟她在一起眞是一種享受。她的反應很快，活潑中帶些狡黠，很能作弄人，但也善體人意。平時除洋裁外還要料理三餐，幫忙餵猪種地。他堅信她會是一個標準的賢妻良母，靜梅似乎也打算這麼做。

一天他溫習過當天的功課以後，又帶她到附近高高的護岸河堤上散步。大地已經沉寂，農村的鎮市早已入了夢鄉。只有遠處鎮道上偶而有亮着燈的摩托車或汽車在飛馳。周遭除了水聲就是蟲鳴，再就是堤上銀合歡樹葉的簌簌輕吟。他一路告訴她一些學校發生的趣事，然後談起對未來的憧憬與抱負。她靜靜的聽着，後來終於不安地問他：

「我學歷那麼低，你將來會不會嫌棄人家呢？」

「你看我會嗎？」

「很難講，等你考上大學到臺北去了，你就會很快把我忘記了。」她幽幽的說。

「你說得好像我已考上大學了一樣，還早哩！」

「我知道你一定可以考上！」

「你不高興我上大學嗎？」

「不！」她說：「只是那時候你就不屬於我的了。」

「不要亂想，眞能到臺北去讀書，妳不是也可以去那兒工作嗎？我們還是可以天天見面。」

「啊！那當然很好。」她目光烱烱的看着他說：「那麼我白天工作，賺錢給你讀書，我也可以去上夜校。」

「哈哈，妳要養我啦？」

「莫說得那麼難聽，你盡你的力量，讓我也盡一點力量，好不好嘛！」

「嗯，好是好。但是，如果我想去留學怎麼辦呢？」他逗她。

「啊！我不會阻擋你。我可以回鄉下來做洋裁。」

「如果我十年才能回來呢？」

「我就自己開一家服裝社。」

「不嫁別人？」

「不嫁別人！」

「萬一我不能回來怎麼辦？」

「那我就去吃齋。」

「傻話！」他笑起來：「現在已經不流行吃齋當尼姑啦！」

「我是講正經的。」靜梅嚴肅的直視着他：「不管你變了心或者是不回來，我不會再嫁別人。」

過去他們不曾談過將來的事情。靜梅的深情使他感動也使他心境突然變得沉重起來。他們默默的走上了堵水壩，在水泥堤上並肩坐下。他感到自己非有什麼表示不可了，於是他用手搭上她的肩膀，輕輕把她帶了過來，靜梅低着頭沒有抗拒，柔順的依偎進他的懷抱。他緊張的摟着她的身子，感到兩個人的心跳像擂鼓一樣響亮。她的頭髮輕觸着他的鼻尖，他低下頭去聞着，一遍又一遍的。余忠雄始終沒有感到肉慾的衝動，只覺得一切都是那麼純潔和莊嚴，充滿了美和幸福。那晚，他們兩個人就在壩堤上相擁着，直到聽到初更雞啼才吃驚的起身返家去。

那晚余忠雄回到房中意識仍然恍恍惚惚。事情的發展使他不敢相信，這不是他當初所預想的結果。他感到自己已經陷入得太深了。整個晚上他都在輾轉反側，似睡未睡。一方面是靜梅濕潤豐軟的嘴唇和體香使他興奮，一方面覺得對靜梅有了責任和義務，使他有着些許不安及沉重之感，第二天他上學就遲到了，而且在下午第一節國文課時，第一次嚐到了瞌睡的滋味。

學生那有資格和權利去戀愛呢？除非你不顧一切。余忠雄想着苦笑了起來。月考到臨前，他不能分心，希望能全心來對付功課，但只要連續幾天他不去看她，或者略顯出一點心不在焉的神情，他就會令靜梅不安和恐惶。他必須常常設法去讓她高興。更糟糕的是他們偶而會爲了很小的事情鬧情緒、嘔氣，這些在在都影響了他做功課。

其實，這些都不是最嚴重的。余忠雄檢討着，是自己對靜梅越來越強的慾望才最令他擔心，尤其在令人情緒緊張的月考結束之後，他有強烈的本能的衝動，這時他會變得狂野起來，連自己都很難抑制。每次碰到這種時候，靜梅總是很警覺的逃避他的纏結，跟他保持適度的距離，不容他靠近。有時他會出其不意一下子抓緊她，但每次也總在她認眞掙扎甚至生氣的情形下讓她脫身，當然他的理智和教養也給了他很強的約束力，只是時間長了難保不出問題，那時可怎麼好呢？他對自己沒有一點信心。

是去年光復節的夜晚，他們一同騎單車到鎭裏看遊行和山歌大會，回程時心情特別好，吃過宵夜點心，月色又明，於是他們又彎到河堤上去賞月聊天。

那眞是一個迷人的夜晚，余忠雄回憶着。靜梅放心的斜倚在他臂彎裏，仰着頭從稀疏的銀合歡枝葉間看着天上移動的月影，口中輕輕的哼着充滿情思挑逗的山歌，任由他在她臉頰和雙唇間輕吻着。在月光之下，她的模樣是那麼愛嬌，他感受着由她髮上和身上發散出來的異性的香氣，漸漸的，他把持不住自已的衝動了。靜梅這時急着想脫身却已被緊緊地摙着，這回他相當的執着和任性，靜梅在掙扎輕叱懇求都沒有用以後，突然放棄了抵抗，任他將她壓在身體下面。就在這緊要關頭，他吃驚的發現靜梅偏向一邊的面孔，淚水在月光下閃閃的流着。她的眼淚及時沖散了他的慾潮，他歉疚的爬起來，扶起她的身子，然後兩個人默默的下了河堤回去，這次，兩個人都流了一身冷汗。

靜梅的父母和他的二姨都漸漸對他們的交往不安起來。她已經不能隨便再出來跟他見面。禮拜天他回山間的家去，父親又嚴厲的訓了他一頓。仔細反省一下也眞是的，這一段日子雖然充滿了美好的回憶，但是跟他求學的生活比較一下，又是多麼荒唐哪。那麼是不是要暫時分離呢？繼續這樣子下去，一定會影響他的功課，甚至影響到整個前途，而且，到他成家前還有多麼漫長的一段路要走啊！他不會傷害和躭誤靜梅嗎？寒假結束前，終於他遵從了父親的意思，離開了二姨家，回到自己家裏乘車通學。

人而必須向客觀的環境屈服，想做的不能做，是多麼令人痛苦，余忠雄難過的回憶着。離開二姨家以後他就沒有再見到靜梅，只給她一封信告訴她必須暫時分離，靜梅回信說她經過一場嚴重的感冒以後，心情終於平靜了，正打算回臺北表姊處做剪裁的工作。她說她認清了情勢不允許他們繼續相愛，畢竟他要走的路她是沒有辦法跟隨得上的。最後祝福他一帆風順。

爲了求兩個人心情解脫得乾淨，他狠着心要靜梅把他所寫給她的情書全部退回或者焚燒掉。我眞是一個自私無情的人嗎？余忠雄輕輕呻吟起來。他翻了半天的數學課本，却一個字也沒有看進去。初戀是最甜蜜的，有人願意爲愛情來犧牲，而他居然害怕愛情，想想眞是可悲可憐。除開考上大學以外，難道就沒有其他的路可行了嗎？學爸爸耕田種地，學學叔叔修理機車，或者去考警察，去受技藝訓練，去做生意，甚至到工廠去做工都可以，人家不是也全生活得很自在嗎？爲什麼自己便不可以這樣做呢？做一個平平凡凡的人有什麼不好？余忠雄常常忍不住這樣想，在下決心離開靜梅前更是反反覆覆的檢討。不錯，他從小就有野心，舒適的生活並不是他所追求的目標，他所想得到的，却是連他自己都不很清楚的迷幻境界，最少他覺得應該爲此努力，而在此之前是必須踽踽獨行的，更何況第一步要踏入大學之門，絕不可以分散精力。那麼認識靜梅眞是一個錯誤啊！

劉金財終於繳卷出場了，他笑嘻嘻的大步走了過來，劉金財是個純樸的青年，除了功課什麼都不感興趣。

「考得怎麼樣？現在才出來。」他問。

「全部寫滿啦！對不對就不管它了。」劉金財愉快的說：「你呢？」

「氣人，三角不等式那題根本沒有想到會出來。」

「哈哈！我是昨天晚上翻到那裏時臨時決定看一看的。嘖，眞出來啦，好像有神明指示一樣。」劉金財說。

「都是阿伯害的，他如果沒有說這裏沒有出過題，我便不會那麼大意了。該死！」他越想越懊惱。事實上最近也老是心浮氣躁，憂鬱苦悶，滿腦子塞滿了靜梅的形象。

「喂！我們去操場跑兩圈，第二節上課還有十五分鐘。」他說。

「好哇！」劉金財把剛剛翻出來的數學課本又塞入了書包：「你不是頭痛嗎？」

「噢！死不了，莫管他。」他說。

他們一前一後沿着跑道慢跑。同班博士和阿土他們幾個看見也加進了行列，一羣六七個人在認眞跑步，引起不少在操場邊女生的注意，博士他們跑得更起勁了。

「這種天氣跑跑最好。」博士發表議論。

「我們應該每天來跑五圈。」阿土附合。

「跑得累累的，回去讀書反而可以專心，眞是奇怪。」

「噯！就是這排木麻黃樹底下吧，校長說的，不知道誰在這裏親嘴哩！」阿土嚷着說：「實在夠味。」

「說不定就是你呢！」劉金財說。

「開玩笑，我才不會那麼不要臉。」

「也沒有那個女生要跟你親嘴吧！」同班林秀清說。

除了余忠雄，每一個人都開懷的大笑起來。談及兩性間的事情，他們總是興緻很高的。

「誰會這麼大膽，在學校裏親熱起來嘛！」阿土說。

「那個女生才大膽哩，嘿，夠氣魄。」博士說。

「如果是十二班的祁春枝，那才夠香艷。」

「你們可不能亂破壞人家的名譽，祁春枝是規規矩矩的。」劉金財不平的責備。

十二班的祁春枝確實夠堂皇，論面貌身材都足以讓他們這批嫩公鷄咽口水了。尤其她那早熟而且透着誘惑的體態，不知使他們做了多少夢。余忠雄和她談過幾次話，一同去參加過救國團的活動，對她印象很好。但是要和陳靜梅比起來，顯然又略遜一籌了。

唉！怎麼又想起靜梅來了？余忠雄猛然加快脚步，努力要把腦中的雜念擠出去。這時他們已經跑完一圈半，到了操場的另一頭。大家都開始喘息流汗，原本黃黃的太陽也感到有些熱力了。

劉金財跟到他身邊，詢問似的看着他。

「我們跑完這一圈就走。看誰跑得快。」他說。

於是由他帶頭，大家專心的往前奔去。

太陽更熱了。

（六八・四・民衆日報）

田園之夏

1

古進文被母親嘮叨了兩天，說他農夫沒有農夫的樣子，每天就知道騎着機車在外跑來跑去，於是一大早起來就揹起噴霧機下田去了。

田野的早晨空氣清新涼爽，沁人心肺，古進文有着陶然欲仙的感覺。他已經有好幾天沒有來了，這幾天他一直在旱畑的木瓜園挑排水溝，木瓜怕水，他可不想讓可以生產變錢的木瓜浸死，原來的排水溝幾次西北雨早被淤土塡平了，雨季這才開始呢！

這是一大片平坦的水田，稻子正蓬勃的生長着，村莊和道路都在東邊遙遠綠色稻浪的盡頭，古進文的田地幾乎就在這廣闊水田的中央，有重劃道路連接外面，另一頭是水利會的輸水大圳，高高的圳堤遍植柳樹，水圳正好將這片平原畫成兩分。古家的田地在圳堤南邊，站在堤頂，可以把四週景色一覽無餘，古進文很得意他家將近一甲的這塊水田，收割一年的稻子，就是全家人回來也夠吃兩年以上，他從小就喜愛這裏。

田塍上的雜草眞已長得比稻田還高，生命力強韌的鐵線草和牛筋草把田塍下第一排稻苗都蔭住了。得到了充分的陽光和養分，野草長得眞快，古進文可不能任由稻苗被野草蔭住。他在水門口水泥牆上調好除草劑，給噴霧機的噴嘴加掛防止藥劑四散的塑膠罩就立刻開始工作。他預計九桶水可以完成，然後希望還有時間去松英家去看看她是不是回來了，她一走五天沒有音訊，弄得他茶飯無心，眞有些神魂顚倒了。

走上田塍，剛打開噴口開關，古進文發現脚步走過後嘀嘀嗟嗟又有許多褐灰色的禾蚤在跳躍着。這使他大吃一驚，關掉機器走進稻田中央去查看，輕輕在身邊稻莖上拍過，成千成百麻粒一般的禾蚤掉落跳起，看得古進文混身起鷄皮疙瘩。都是天氣悶熱，蟲害特別厲害，上次噴農藥相距才五天呢！他無可奈何的看了看四週，不錯，除根莖部份的禾蚤，稻葉上又患了捲葉蟲。根莖部份得改噴藥粉，隨卽莖面還要再噴殺蟲藥，這要花他兩千塊錢農藥，還要三天工夫。

走回田塍他繼續噴撒除草劑，心裏却在考慮着要不要放下除草的工作，先去準備殺蟲農藥，禾蚤的繁生很快，爲害的能力又大，只要幾天工夫就可以使整株稻苗枯槁。想到這些，古進文便深感煩苦，大家都說水稻是不能再蒔了，算算成本、農藥、肥料、人工和水利費，卽使像古家這樣上好的良田，便是有十成的收穫也所得有限，連一個女工的收益都不如。問題是有田不蒔不是耕田的人所能想像的，每次古進文嘀咕，他母親總責備他。

「養兒子怎麼可以算飯餐錢呢？」他母親所抱的態度便是這樣，要算飯錢費用，養兒子頂不合算了，但能不養兒子嗎？

古進文高農畢業，讀的是農機科，去年初退役回來後，被母親給留了下來。他兩個哥哥都在高雄，大哥在國中教數學，兼上補習班，混得很不錯；二哥在工廠當技工，外面又開了一間水電行，早成了城市人。古進文的父親貴祿伯今年六十五歲，即算是身體很強健吧，也畢竟精力有限了，留下兩個老人在鄉下耕種二甲多的土地，雖然沒有種那費工費神的煙草，也一年比一年更覺吃力。古進文軍隊退役回來，成了他母親唯一的希望了。

「你是農業學校畢業的，應該讓你來表現表現了。」他母親在他回家那天晚上很迫切的告訴他：「他們不要，這些田地就全部給你，你認眞去打拚，找一個能幫你下田的妻子，不愁沒飯吃。」

「大家都說耕田要做死人，我可有些害怕。」他笑着逗母親。

「沒出息！你阿爸和我耕田耕了一生，還不是把你們兄弟三個都養大了嗎？我們也沒有做死。」他母親顯得有些不高興。

「耕田難出頭，媽，我們到高雄去求發展不好嗎？大哥和二哥都有房子，比妳和爸爸在鄉下耕田不是清閒多了嗎？」他說。

「在那種地方，我們兩個老的就變成廢物了。白天上班的上班上學的上學，住三天我都要悶出病來，關在那籠子一般的屋子裏，你想我和你阿爸關得住嗎？」他母親搖搖頭：「不行，這個大伙房，這些田地，誰去耕管？」

「乾脆賣掉算了。」

「哼！賣掉！我就知道你們全是沒有用的東西。這伙房是你祖父做的，我和你阿爸修理得排排場場，水田也是你阿爸辛苦幾十年買來的，你們沒才情買，就只會主張賣掉。」他母親眞的生氣了：「你也走好了，我不在乎，等我們眼睛閉了以後，賣不賣再由你們。」

「媽，跟妳說笑的嘛！我會留下來，最少做一兩年看看。」他安慰母親。

古進文的父親貴祿伯倒不反對孩子出外去求發展，蹲在家裏守成沒有出息，這是他的想法，也是鄉下一般人的想法，但是兒子願意留下來他也不反對，總得有誰來繼承這片家業呀！古進文雖然跟母親說他種田怕苦，其實他自小喜愛農事，種種瓜果菜蔬，看着它們天天長大、開花、結果，便覺樂趣無窮。讀高農的時候，兩位兄長都出外工作，田裏只有兩老辛苦操勞，那時便有將來要爲父母分勞的決心了。

服役期間同班的戰友李正光約他退役後同到臺北謀事，李正光家裏有錢，也雄心勃勃，他跟古進文是軍中最投合的伙伴。

「在這種工商社會，農業是註定無望的，你何必去浪費你的才能呢？」李正光不斷的勸止他回鄉。李的說法並沒有錯，農村是凋零了。

「我有新的構想。舊的各求自給自足式的觀念必須改除，小農制一定破產。但是我有兩甲多土地，如果我父親讓我放手試驗，我想留在家裏。」他很有信心：「而且自己做主自由自在，總不會輸過在工廠做人家的工人受人管理才對。」

一年多來他不知道李正光事情做得怎麼樣了，他們難得通一次信。但他這一年確實幹得很賣力。父親和兩個哥哥都支持他，除開母親偶而嘮叨反對，都能依他的想法去逐步做到。一甲多的旱田，過去大多蒔一次稻，租人家種一次煙草得些租金，再種一次雜糧如玉米或紅豆。每年有三次收穫，但都不多。他一口氣全部種下木瓜，又恐怕木瓜害毒素病失敗，木瓜行間再寄植檸檬。屋後空地他加建了一棟十二間的豬舍，連同舊有的共二十間，光母豬便有十一條，大大小小肉豬八十多頭。這是他有限資金最高的運用了。如果不是母親堅持，連這一甲水田也一同種了水果。

可能深受日據時代戰亂的影響，古進文知道他母親堅持要蒔稻子是爲了先謀糧食，農家不存糧食讓她失去安全感。其實一家三口能吃得多少呢？她却堅持要吃自己家的稻米，連遠在高雄的大哥二哥，也都每個月定期回家搬取米糧，過期不回家，她一定逼着古進文給輾好了送去。

一季又一季辛苦栽培，滿倉滿庫的穀子最後只有賤價出售。固然如母親所說：「養兒子莫算飯食錢」，但他工作起來未免意興索然。父母種地把它看作是一種義務和責任，同時帶着濃濃的感情。他種地可純粹爲了求利。沒有利益的事有什麼好做的呢？

到第九桶，終於田塍上的雜草都噴撒遍了。古進文搖搖背上的噴霧機，還有大半桶，於是他沿着重劃道路一路噴撒過去。除草劑效果不錯，撒過以後經太陽一曬，草葉立刻轉成灰褐色，第二天就都枯萎了，隔個星期如果再噴撒一次，連草根都會爛掉。他走上圳堤，幾個國中學生在清澈的圳水中游泳玩水，又嚷又叫好不開心。看看腕錶已十點多，他放下噴霧機在圳水裏徹底的清洗着，然後自己也順便滑入沁涼的清流中。圳水很急，一個學生從上面順流游了過來，原來正是松英家隔壁的阿振。他們曾經一同捕過田鼠，架網捕過畫眉鳥，幾個人都是熟識的。

「阿文哥，你噴農藥嗎？」

「除草。你們怎麼會跑到這裏來？」

「我們想釣蛤蟆，結果只釣到幾隻小青蛙。要回去了，先洗洗涼。」阿振說：「我們下午去張網，你要去嗎？」

「我不能去，下午有事。」古進文看看遠處幾個少年，然後輕輕問他：「喂，看到阿英回家了嗎？」

阿振朝他扮了一個鬼臉，一面用力往上游去，一面大聲嚷着：「你來看看，包不失望。」那邊，他們那一羣已經爬上堤岸在穿衣服了。

2

月色清亮，萬里無雲。古進文到松英家時，松英的父母和哥哥都在庭院前大禾埕上納涼。看他進來，松英的哥哥馬上起身讓坐，松英也幾乎立刻就從厨房裏搬着長板凳出來了。看到她，古進文的心突然安定下來，古人形容得妙，一日不見如隔三秋，一連五天了，應該是幾秋了呢？上個星期她臺南的姊姊有事招她，行前連招呼都沒有打一聲，害他懸念了好幾天。

「天不下雨，好熱。還是禾埕上吹風涼快。」松英的父親壬喜伯親切的說。

「吃過晚飯沒有？」她的母親也問。

「有一隻母猪傍晚開始生產，我替牠打過催生劑看牠生出了五隻才出來。晚飯吃過了。」他解釋：「我去叫飼料。」

「誰給你看顧呢？出來不要緊嗎？」松英問。

「我媽在看。猪價那麼賤，連看都沒有精神。」

「聽說你養了不少是麼？」壬喜伯問：「還有多少大猪？」

「一百斤上下的三十隻，六十斤左右的三十隻，其他還小，總共有八十多隻。」

「慘啦！上百斤的恐怕沒有什麼指望，六十斤的看看能不能碰到好一些的價錢，這樣下去，褲子都會虧掉。」壬喜伯搖搖頭。

「時機不好，有什麼辦法。外銷突然斷掉，內銷市場有限。連小猪仔都沒有人來買，我這次虧損難算了。」

我們還不是一樣，小猪二十多隻斷乳半個半，居然沒有人來問價，我都沒有地方關了。」松英的哥哥阿德憤憤不平的說：「連一點保障都沒有，這種事業怎麼還能去做嘛！」

「飼料上個月漲了三次價，大猪天天落價！」壬喜伯說：「好在我的大猪上個月賤賤也賣掉了。很多人嫌價賤不肯出手，結果眼淚都沒地方流。」

「倒霉就是這東西不能囤積，現在沒價囤積到有價再賣。它天天要吃，又要吃得多。」古進文說：「吃得太大人家又嫌棄，上次我賣猪，超過一百八十斤的，超出的部份白白奉送，一毛錢都沒有呢！」

「你一個月的飼料錢也不少吧！」阿德問。

「兩個月來我每天只餵兩餐，中午補貼一些蕃薯葉和牧草。我媽要割牧草忙壞了，把我罵得要死，說我貪心該死，我那裏料想到猪價會忽然落下來嘛。」

「像從前那樣，家家養個三五隻吃吃洗米水，便是沒有好價錢也不會有大影響。」壬喜伯母說：「你莫養那麼多就好了。」

「我是資本不夠，原來我預算最少養兩百隻的。沒有養那麼多，賺三千兩千的有什麼意思嘛！其實價錢如果穩定，每隻猪固定有五百元可賺，兩百隻就是十萬元，一年兩批出去，一個人的工錢就有了。

「那裏有像你想的麼那好，誰給你保障嘛！」阿德搖頭嘆氣：「想一想心都涼了。」

「我養得很成功，不能賺錢眞不甘心。」古進文說。

「我看，乾脆賣光了淸心，有贏頭也讓別人去賺，這樣最好。」

幾個人同聲嘆息了。松英冲好了茶給每一個人端了一杯，連她聽了也嘆氣。

「不過，老古人說的：人窮莫斷猪，富貴莫斷書。不養猪做什麼好呢？」壬喜伯母說。

「就是這麼說啊！穀子沒有什麼好收入，要養家生活、要繳子女學費、還要打理人情事務，不好好來蒔田來養猪，我們還能做什麼呢？」壬喜伯的聲音顯得很沉痛：「我們老的沒辦法了，你們年輕的要出去發展，農村不能留了。」

「年輕的後生出去工作，就是有一兩個孩子當工人也很能補貼家用。」壬喜伯母望着松英說：「偏偏我這個懶女兒又不肯去吃苦，養她這麼大沒有爲我賺一毛錢。」

話題就這樣談開了。生活確實不易，物質上的要求又普遍提高了起來，農村生活也不能不現代化啊！難怪大家皺眉歎息。古進文不時看看松英，松英也有意無意的向他注視，大家旣談得起勁，他雖然心急也無可奈何。他這時最渴望的是和松英單獨散散步談談心，他好像有很多話非得趕快告訴她不可，而話題却轉到稻田蟲害上去了。好容易松英的小姪女來拖着祖母鬧要睡覺，他才趁機站起來，看看手錶，日光節約時間已十點多。松英送他到禾埕邊。

「出去吃一盤水果好嗎？」他小聲的要求。

松英未置可否，却回頭去看了看壬喜伯母。

「夜深了，出去不太方便。」老太太說。看到他失望的神情，又安慰似的說：「明天吧！」

古進文歸途又彎到街尾飼料店去，飼料店却已關門了，想起四萬多元的欠帳，他的心情更鬱悶了。

3

帶着些微泥土的黴味和稻葉的芬芳的清風不停的吹着，臨晚一陣急雨，空氣潮濕涼爽令人陶醉。鄉村的夜是那麼寧靜，月色在雨後顯得更清明，是陰曆十七日了。

「你看，眞美。」松英指着前面銀色的大地贊嘆的說：「難怪住下來的人捨不得離開，像我爸媽，寧願在田裏做工，叫他們去高雄大哥那兒，三天都住不下。」

她和古進文沿着大圳堤散步，這是他們常來的地方，除開夜間巡看田水的人以外，沒有汽車也沒有摩托車，居高臨下，視野很廣，還可以看到遠處松英家的燈火呢！

「可惜就是落後貧窮了一點！」古進文說。

「你怎麼會這麼想呢？」松英奇怪的望着他。

「大部份女孩子都喜歡繁華熱鬧。妳看，這裏沒有物質的享受，想請妳看一場電影總共也只有那一間破戲園，要選張片子根本不可能。只有來這裏吹風了。」

「我說過我要看電影了嗎？」

「哦！我只是打個比方。我是說鄉村生活落後，缺少享樂的事物。」

「你看月光底下的這片稻田，看這些清澈的圳水，又有像我這麼可愛的青春少女陪着你散步，還不夠享受嗎？」

「嗯！」古進文沉思了片刻，然後望着她很認眞的說：「還差了那麼一點。」

「嗄——？」松英瞪着他，擺出威脅的臉色。

「是啊！妳不肯讓我牽着妳的手，攬着妳的腰，情調不夠嘛！」

「你去做夢好啦！」松英吃吃的輕笑起來。

松英是個很活潑的少女，她跟古進文農工學校同學，低他一年級。雖然不同科，但是每天他們在同一個招呼站搭車，彼此也都很熟識，至於比較親蜜的交往，那是近半年來的事。

從古進文軍中退役回來後，他母親就急着要爲他訂下親事，經過多次的介紹和相親，一聽知古進文留在家裏沒有出去的打算，大都嚇得不敢再談。有不嫌棄做田辛苦的，程度又比較差，不合古進文的意。一拖一年多，古進文本身不急，當母親的可氣壞了。她眞不相信社會眞的已經改變，憑古家的屋舍田產，憑兒子的人才相貌，居然會連續遭遇到失敗，而理由全是古進文在家沒職沒業。家裏兩甲多土地要耕管經營，莫非也是浪蕩無業嗎？累都累死了。貴祿伯母開始後悔把兒子強留下來的失策了。

半年前古進文爲哥哥送米去高雄，在客運車上碰見松英的時候，他一時眞認不出她來。松英個子很高，穿起高跟鞋時甚至比一米七十三的古進文還要高一些，瘦瘦長長，略嫌身子單薄些。那時她站在他面前的通道上，長長的烏髮服貼平整的披在肩後，一襲淡紅色的洋裝十分合身，她就那樣輕盈安適的站立着，充滿了青春煥發的光采，逼得他不敢直視。是她對他偷偷的笑了兩次，他才驚覺過來。

「長脚阿英！」他幾乎喊出口了。然後慌忙讓座。松英臉孔雖有些紅，却也很大方的坐了下去，好像剛剛古進文硬呑下去的稱呼她已聽到了一樣，看着他的眼色很有一些責怪的意味。

「眞是失禮，好久不見，沒有想到會是妳，妳改變的完全不同了。」

「比以前更醜了是麼？」她仰臉含笑問。

「那裏！不像從前那樣………」

「不像從前那麼醜了，是不是？」她好像存心逗他。

「啊！我絕不是那個意思。」

「嘻嘻！有什麼關係嘛！你心裏本來就這樣想的，你敢說不是嗎？」

古進文相信自己一定臉孔通紅，附近的乘客有幾個很有趣的看着他們微笑，坐在她旁邊的一個高中學生還起身讓給他座位，他覺得全身都冒汗了。

「這個死丫頭！」他心裏暗自笑罵着，雖然感到自己被捉弄得哭笑不得，却一點沒有屈辱的憤怒。

古進文想起那次邂逅，便從心裏漾出了笑意。在車上一個多鐘頭的旅程中，他沒有想到自己居然會跟她談那麼多。別後的生活，甚至返鄉後的理想和感受都輕輕地告訴了她。她沒有再嘲弄他，松英似乎很明白什麼時候該認眞嚴肅，當他說話時她認眞的聽着，偶而輕笑一下表示高興，偶而點頭表示贊嘆。她眞是一個很奇異的女孩子，他很驚奇以前對她竟然會一無所知，從來沒有注意過她，白白浪費了那麼許多寶貴的歲月。

圳堤上的風勢突然強勁起來，吹得松英滿頭長髮四面飄散。古進文看着月光下的她一手按着頭髮，一手捏着一支草莖放在兩唇間不經意地輕咬的嫵媚的姿態，覺得已經是最大的享受了。

「喂！你又在做什麼夢啦？」她嗔怪的問他。

「哦！我想到從前。」

「想從前嗎？那一定不會想到我。」

「錯了，我正在想從前妳怎麼會躱得我注意不到。」

「你怎麼可能注意到的嘛！」她說：「你的眼睛那裏看得到那個長長瘦瘦，又黑又醜的竹竿嘛！你們那一羣人怎麼叫我的？是不是長脚烏鴉？」

「天地良心，我可沒有這樣叫過。」他說。

「那你怎麼叫的呢？」

「長脚阿英！」他只好老實招認。

「總算還適合。喂！你知道我們那一羣女生怎麼叫你嗎？」她笑着看他。
「一定不會有好話，不說算了！」
「不過，我實在不好意思隱瞞你。她們叫你猪脚哩！」她神秘兮兮的說。
「亂講！」
「不信你去問玉蘭她們，我知道你的時候大家都這麼叫。」
「豈有此理，我那一點看起來像猪脚嘛！」他感到憤憤不平。
「這我是不知道的。不過，天地良心，我可沒有這樣叫過。」
「那妳怎麼叫的呢？」
他原有些好奇，但當他看到松英臉上綻放出狡黠的笑容時，慌忙傾身上前去摀住她的嘴巴，她推開了他的手，笑得彎腰。
「拜托，別講。」他要求：「一定不是好話。」
「好吧！」她慷慨的說：「留着下次發表。」
古進文眞拿她沒辦法。松英性格非常開朗豁達，從不造作，她常常不在乎的調侃自己開心。雖然她沒有月曆女郎那麼美麗的面孔，但她靈巧聰慧善解人意。她的美是另一種形式，使他動心。
他們走到土地伯公神壇前，在石階上坐下來。伯公壇背倚着大圳面向田野，可以看到遠處馬路上車子的燈光來來去去。四週，靑蛙的鼓噪震耳，夾着遠方田家的犬吠。

「松英，妳眞喜歡過農村的生活嗎？」

「我媽眞以爲我懶惰和高傲，不願意去工廠做工。其實上次我在木業公司，分給我的工作非常輕鬆，高中高職畢業的人有比人家更好的機會。我只是過不慣那裏的日子。工廠裏悶八個小時，碰到加班十幾小時，回去又關在鳥籠子一樣的房間中，半年多我頭痛胃痛沒有好過，回來才不痛的呢！」

「田裏的工作粗重多了，妳受得住嗎？」

「自家的工作，不趕時間。而且稍重的工作，我爸媽還捨不得我做呢！」松英很得意的說。

「是呀！這個，我也捨不得哩！」古進文也嘻嘻笑着。

「你呀，還輪不到。」松英朝他瞪眼，隨後又認眞的說：「也有很多女孩子不喜歡那種生活，可是沒有辦法逃避，人總要工作謀生，還有更好的事可以選擇嗎？我不去沒有人罵我，但有時沒事做也煩得要命。」

「妳要是不回來，我也沒辦法再見到妳。」古進文誠懇的說：「松英，妳來幫我，好嗎？」

松英的眼睛映着月光顯得特別明亮，她默默的朝他注視着，臉上的神色十分嚴肅。古進文不自禁的握起她的雙手，她先低低的垂下腦袋，但很快她又仰起臉來，臉上又出現了她慣常頑皮的神色。

「我能幫你什麼事呢？你知道，我只會吃飯。」

「啊！多啦！理家、煮飯，還有；餵母猪。」

「你給我多少錢薪水？」她抽回手抱着膝蓋問他。

「我把我所能賺到的錢，一毛不留，全部付給妳。行嗎？」

松英慣有的格格笑聲，在靜夜裏聽起來更清脆了。

4

在鎭子裏，古進文碰到了高農時同班的好友硬頭和博士。意外的重逢三個人都高興得不得了。以前他們在學校是一個小集團的牛兄牛弟，都是排球的校隊。硬頭最高一直打前排，他的臂力強勁，一手刀下去，殺球無救。古進文打後排，專製好球給他。博士比較文弱，常當候補，但考場上却是最佳護航，沒有他簡直他們都畢不了業。

「你們躱到那裏去了嘛！我在金門寫信，沒有一個回我。」古進文責備着。

「我也正要問你呢！」博士說：「當兵回來我們便留在高雄。你呢？怎麼土頭土臉看起來像個耕田者啦？」

「我一點不錯是一個耕田者。」古進文開懷大笑。

光看穿着確實差異太多了。硬頭和博士雖也是鄉下青年裝扮，細花素色港衫、西褲，腳穿塑膠拖鞋，但是長髮及肩，滿嘴鬍髭，而且態度隨便，坐在冰店的矮藤椅上，一個人身子歪向一邊，一手墊頭一手夾煙，高蹺的二郎腿不停的輕抖着。古進文再注意一下自己，短褲頭，舊汗衫，混身曬得發出黑褐色的光采，爲求涼快，連頭髮都剪掉了，這豈不正是鄉下農人的模樣嗎？古進文從來沒有注意到這些，他想到此，不禁感慨萬千。在學校時代，他也是很講裝扮的，都愛表現前進和油條的啊！

「你退役後一直就沒有出去找事嗎？」硬頭很驚訝的問：「爲什麼不出去呢？」

「在家裏有什麼好做的？」博士也問。

古進文發現很難把自己的想法和境況解說清楚，可以使眼前這兩個寶貝明白他並不是在鄉下偷閒躲避，他也是在苦苦奮鬥啊！

「大鼓，出來吧！我那邊公司隨時招人，只是開始錢少一點。如果你願意，還可以考個夜間部來讀讀。」博士認眞的勸他：「不贏過你在家混日子多多嗎？」

「揑泥卵沒出息！大鼓，年輕人怎麼可以躲在鄉下嘛！」硬頭也說。

「硬頭混得不錯，上個月升做組長，每個月差不多有一萬塊的收入了，工作比耕田不知輕鬆多少！」博士說：「一個月工錢換兩千斤乾穀，大鼓，你田裏割得出來麼？」

「你頭腦比我好，跟博士一樣考夜間部進修不好麼？博士讀工專，都升二年級了，又不妨害賺錢。」硬頭說：「在鄉下不行呀！」

「博士，你到底還是如願考上啦！」古進文驚奇又羨慕的說：「還是你有辦法。」

「哎呀，大鼓，莫大驚小怪，是私立學校的夜間部，我公司有不少人在那兒。」

「還有哩，博士下月要訂婚，對象就是他現在班上的女同學。」硬頭鄭重宣佈。

「哈！你們兩個人今天存心要來讓我吃驚的是嗎？怎麼全是大消息嘛！」古進文說着眞樂得大笑起來了。

「你才使人吃驚哩！」博士說：「我們一直以爲你在北部得意！」

「說眞的，大鼓。」硬頭說：「家裏反正沒事，出來嘛！外頭女孩子多得像禾頭裏的烏嘴雀，漂亮又大方，你這風流面的一定左右逢源。絕不騙你。」

「我那有那麼好命！你們眞以爲我在家享清福哩！」古進文笑着說：「一年來我種了一甲多的木瓜，整理成園子，我還蒔一甲稻子，大大小小餵八九十隻猪，有時還要駛鐵牛去替人犂田運砂石，忙得我常常屙屎都沒閒工夫拭屁股哩！」

這一下博士和硬頭眞吃驚了。

「我家裏沒有人手，你們是知道的，總要有人來接手，是不是？」古進文眞誠的解釋。

「收入還可以嗎？」博士問。

「稻子平平，養猪虧本，木瓜不錯，上星期有水果販子出價一年十二萬，我開價十五萬，如果談得成我便賣掉。」

「哇——啊！原來你發財了。」硬頭驚喜的叫起來：「你搞得不壞啊！看來我也要回來種木瓜才好。」

「我倒是替古人擔憂了。大鼓，不簡單。」博士由衷的贊賞：「你也教我們一手吧！」

他們越談越起勁，博士還報告了戀愛的經過，最後約定下個月博士訂婚時同行才分手。

離開冰店後，古進文整天都感到心頭鬱悶。年初他分期付款買了一部耕耘機，他到土地銀行去繳納第三期款。完後彎到收購外銷猪的阿福仙家去探聽行情。阿福仙家滿屋子客人，有他認識的，也有他不認識的，無非是些愁眉苦臉的養猪戶。情況依舊，外銷停滯，猪價下瀉。

「我不能囤積等價，賠錢也要賣呀！」與古進文同街的阿吉在嘆氣。

「不是我不肯捉猪，上頭限制頭數，實在沒有辦法。」猪販阿福眉頭皺得最深：「有錢賺的事我那有不做的！莫心急，總會輪到你。」

古進文沒有多坐就出來了。這次像他這樣要虧損五萬塊錢左右，其他小養猪戶大概不過一兩萬元的損失，問題是養猪爲農村唯一增加收入的財路，失去了這條財路等於希望破滅，無怪乎每個人都如喪考妣。古進文想起昨天時報上的一個大標題：「商情充耳不聞，閉門猛養毛猪，如今價賤叫苦不迭，有關單位扼腕嘆息。」不由得他不苦笑起來，像自己和阿吉這些人，只知道耕田就要兼養猪，自古以來便是這樣，想多賺就要多養，誰去爲他們打聽商情呢？又到那裏去打聽呢？好好的外銷的路子會斷掉，即使虧本虧得兩眼含淚，却也仍是莫名其妙。

是不是要堅持苦撐下去呢？古進文近來常常考慮這個問題。爲了向博士和硬頭示威，殺殺他們洋洋得意的氣燄，他誇大了自己的成果。確實，十五萬元在農人和工人的眼中都是一個大數目。但他沒有爲他們說明，木瓜所以能有高價是因爲毒素病猖狂，木瓜園一個又一個失敗了，他甘願冒着汗本無歸的風險種木瓜，他幸運自己的園子一時沒有染病，所以他有運氣該當賺錢，這也算成功嗎？而且，雖然說是包租一年期，事實上連栽種到開花結果，也要十個多月，除掉農藥肥料，再平均一下，每個月的所得也實在很有限。

農家做什麼都要碰運氣，運氣好，養猪碰上好價格，種水果也碰上好價格，運氣不好，那是自家倒霉。有沒有誰能給農家一直享有好運呢？那眞功德無量了。

5

報紙、電視和廣播都爲了超強颱風方向正對臺灣而喧嚷，街上消防車也不住的馳奔警告。稻子正出胎，穀穗大量的掙扎出稻莖，最需要明亮的太陽和緩和的輕風；木瓜纍纍掛滿了一樹，每個都有碗口那麼大了。颱風的消息令貴祿伯和進文擔憂得不得了。輕度颱風已經足夠摧毀木瓜園了，何況來的是超強級大颱風。

兩天來天氣就是陰雨不停，四點多大地就顯得一片昏暗。不斷的有注意防患的警告聲傳進每一個人的耳中。怎麼去防患呢？兩千多株木瓜要豎支柱也來不及，而且效果也令人懷疑。入晚後古進文把各進水口緊緊封住，豬欄的遮雨篷全部放下繫緊，關好門窗然後便只有聽天由命了。

房子應該是安全無虞的。貴祿伯母一直希望有一天兒子終於能回來在她身邊團聚。老伙房經過她整修，青堂瓦舍的十分宏偉。她爲三個兒子都設計好了，每人一部份，廚房客廳浴室全部齊全，每逢年節或二老生日，子孫全部回來鬧鬨鬨的滿伙房都是人，那才是貴祿伯母最覺心滿意足的時候。可惜一年中大部份時間都只有兩個老人伴着一頭大黑狗守着這麼大一所伙房。平時貴祿伯母要維持每一個房間的清潔，隨時預備着讓子女回來可以住得安穩舒適。這種工作雖然她毫無怨言，可是也不能不承認這是一個很重的負擔。每個月或是連續幾天的雨天，光把棉被蓆褥搬進搬出的曝晒，便夠她累好幾天。有親戚勸她把房子分一部份租出去，減輕負擔又增加收入，但只要想想有一天子女全部回來時無法安插，說什麼她也不同意了。如今最好，小兒子進文回來，頓時大伙房已有了生氣，卽使是超強颱風，貴祿伯母也覺得安全穩定。

一夜大雨不止，颱風居然在大家惴惴之中改變了方向，順着一個最理想的路線錯過臺灣，迅速遠去。天色才微微發亮，古進文趁雨勢稍止，穿着雨衣急忙騎了摩托車就到旱畑木瓜園去巡視。他一夜沒有睡好，只擔心木瓜全倒，那麼一年的辛苦也就隨風而去。這是他唯一的希望了。他沒有想到父親也一樣的放心不下，他才到一會兒就看見貴祿伯騎着他的老摩托車也隨後到達了。木瓜安全無恙，只有少數幾株因爲泥土太軟傾斜，父子倆都同時鬆了一口氣。

「前兩天那個水果販子來過，出價到十三萬五，我看還是賣了好。」貴祿伯和古進文站在園子中央，老人認命的說。

「我看對方是很中意的，又躲過了這次颱風，我希望能賣到十五萬元。」古進文很有信心。

「我是擔心人家出不到這個價錢怎麼辦。」老人有些不安。

「媽媽從前不是說過嗎？有物不愁人，無物才愁死人。人家不包，我摘出去零賣。」

「恐怕沒有那麼容易。又不是十棵八棵，等到大熟時，一天可能摘得到一卡車，小鎭才有多大，你銷到那裏去呢？」

「我一定想辦法到高雄去找市場，或者乾脆直送臺北。我就不信我賣不出去。」古進文說。

「農家就這樣才慘。有物變不了現金，不等生意人來爲我們代銷就一點辦法沒有。我看算了。」貴祿伯還是很認命：「十多萬元先拿到手重要，也好爲你把松英娶回家來。」

「啊！爸爸，你怎麼知道松英呢？」

「咄！你眞以爲你阿爸又老又懵懂了嗎？有什麼事我不知道的？你一舉一動我都看得清清楚楚。」

「我不知道爸爸派了間諜偵察我。」古進文笑着說。

「呵！還用得到派間諜呀！從小養你們到大，你能變什麼花樣還瞞得過我？你那小尾巴一翹起來，我就摸得透你要屙屎還是要屙尿。」

「爸爸在吹牛騙人吧！」古進文說，臉上顯得有些沮喪，卽使是父親，被人看得淸淸楚楚，到底也是令人難堪之事。

貴祿伯莫測高深很得意的笑起來。

「不過，那個，」古進文說：「木瓜的出路問題，我會到高雄和臺北去打聽路頭。我不信我非靠人家不行，說不定我也會做水果販子。」

「算啦！老老實實做個耕田者好了。一個人無法樣樣兼顧。」貴祿伯嚴肅的說：「你不是專業的人，又沒有相熟的商行。冒冒失失送貨出去，俗話說的：貨到念頭死。到時被人吃定才不划算呢！」

古進文唯唯點頭，但是心裏總是不服。

「讓我先把排水溝挑好吧！」他告訴自己：「過兩天邀松英上高雄去。」

天已大亮，空中烏雲仍然密佈，陣雨又下起來了，古進文陪着父親回家吃早飯，他的心情忽感開朗。

6

貴祿伯母認爲當前最重要的事務，莫過於娶媳婦了。松英她是自小認識的，雖然瘦了一點黑了一點，但貴祿伯母很寬大的不把它視作缺點，這個大伙房等待新主婦已經很久了。

「黑一點有什麼關係！生過一個孩子也就會長肉了。」她安慰自己。

她是個說做就做的女人，古進文請她稍安勿躁她根本聽不進去，七八兩個月不做親事却不見得不能提親，她打算準備的工作先進行，九月一到就爲年輕人成婚，她最大的心願也就完成了。

貴祿伯母眞沒有想到松英的父母對進文還是有意見的。對親事他們沒有反對，但也沒有熱烈的贊成。被請去說媒的進文國小時老校長回報消息時，表示要進文找一個正式職業，高職畢業的人在家總讓人覺得不正經。有一個職業對方才不覺得自己的女兒屈辱。

「眞是沒有道理。」貴祿伯母一連幾天心裏不痛快，而且也不知道自己是否應該繼續進行。

古進文對此倒是不太放在心上的。他興沖沖的和松英一同坐車上高雄去。壬喜伯母對年輕人同遊的事不太高興，但除開告誡他們不可長途騎機車以外也沒有阻止女兒。對古進文這個青年，雖然不是十足滿意，但事實上松英的家人早已默認了。

在高雄，古進文依果販給他的地址找了兩家經營水果的商行，都是家庭式的，沒有一點規模，除開屋裏堆積的竹簍和硬紙箱外什麼也沒有。對他的問題也沒有明確的答覆，價格和數量完全沒有保證。松英陪着他最後在果菜市場邊找到一家，男主人胖胖的，非常親切。

「水果市場價天天差不多都不同，當然品質也有關係。」他誠懇的告訴他們：「你們如果不棄嫌要跟我們做生意，請你先送一部份貨品來，講定大概數量讓我安排，沒有問題的。」

店主人姓鄭，很熱情的接待了他們。古進文在那兒跟他談了很多，市場的商情，水果生產的困難等等，倒像老朋友在聊天。他們出來的時候，鄭老闆急急忙忙去翻出名片，要他隨時連絡，還說要去參觀古進文的木瓜園。

走出大街上，古進文心情暢快極了。看手錶已十一點多，松英建議到她二姊家午餐。

「不要，今天不去找親戚，只要妳和我兩個人。」他興緻很高，拉着松英的手往前走：「我知道有一家餐廳很不錯，吃過飯我們上歌廳聽歌去。」

「算了，上歌廳我沒有興趣，花錢又多。」

「你不是很愛聽歌的嗎？」

「那也不必上歌廳呀。」

「要不就去趕一場電影好了。」

「跑到高雄來看電影，多沒意思。」

古進文沒有主意了，他看着松英。

「妳說我們上那裏去呢？」他問。

「我也沒有主意，到舞廳去我不會跳舞，到咖啡室去我覺得不正經。如果我小一點就好了，你可以帶我去旗津坐渡船，看看港口的大海輪，然後還可以到西仔灣遊動物園。」松英說着笑起來：「可惜我太老了。」

「先吃飯再說，然後乾脆去逛百貨公司看看有沒有什麼新奇的東西，喝個咖啡好嗎？」

「只好這樣了，每次我到這裏，除開二姊家，也不知道要到那裏去，眞無聊。」松英說：

「我們怎麼走?」

古進文拉她到街沿招手，一部黃色的計程車很快便停在面前了。

還不到十二點，餐廳沒有其他的客人，好像整個都是爲他們準備的。清靜、涼爽、潔淨，連服務小姐都顯得特別親切有禮。松英很滿意周圍幽雅的情調。

「妳看，不到高雄，那能享受到這種氣氛呢?」古進文看着她說。

「這是要花錢買的，沒有錢你敢進來嗎?」松英不服的看他。

「不錯，妳剛才說沒有地方可以去，如果敢花錢，比這裏更好更有趣的地方多的是，只是有些地方妳們女孩子去不得。」

「哼，你以爲我不知道你說的那些事嗎?花天酒地、醉生夢死，算什麼享受嘛!大都市全是充滿黑暗的。」

「哪可這樣說它。都市裏大家急急忙忙趕工作的人多的是，像我二哥，夫婦上工廠，緊張得要命呢。享樂的只是一小部份人。」

「這種都市的生活我是沒有辦法適應的。」松英苦笑着搖頭。

「看來妳命中註定要在鄉下苦一輩子的。趕快找個耕田人嫁掉好了。」古進文說。

「問題是像我這麼可愛，又樣樣精明能幹，恐怕眞正的耕田人不敢要我。」松英笑起來:

「你叫我到什麼地方去找嘛!」

「眼前就有一個眞正的耕田人。」

「你是在推薦你自己嗎？」

「正是在下。古進文兄。」

「你敢要嗎？」

「老實說我是有點怕。不過我的母親一直想爲我找一個厲害脚色整我，她好像認定妳夠資格了。」古進文正經的說：「前天不是還拜托了我們的老校長出動嗎？」

「嘻！我父母認爲你不老實，我聽到好像在罵你。」

「是啊，還說我在家閒蕩，沒有職業。妳呢？妳要不要？」

「我嗎？嗯！」松英忍着笑，煞有介事的注視着他說：「讓我考慮看看。」

「我會天天爲妳打洗澡水。」古進文笑着。

「嗯！我還得問問清楚。喂，古先生，你家裏有兩棟菸樓嗎？」松英眨着眼睛問他。

這是地方上的一個笑話，原來農村經濟作物菸草是他們地方的重要收入，有菸草就代表有財富，種的面積越多財富也越多，可是持有種菸許可證的人有限，不是家家都有的，所以女孩子在有人提婚時，總要先探聽一下對方家裏有沒有菸樓，有兩棟菸樓的簡直是豪富了，當然是女孩子追求的富貴人家。這是十幾年前的情形，十年後的今天情況改變了，可以獲得同樣報酬的工作機會已多，菸草價格沒有相對提高，而種菸偏又是最費工最辛苦緊張的工作，女孩子談菸色變，早已興趣缺缺。據傳是五穀廟地方一個女孩子，在訂婚前幾天打聽到對方有兩棟菸樓，嚇得連夜北上逃避，婚事只好告吹，一時成爲地方上有趣的話題，幾乎沒有人不知道。

「啊！有，我當然有兩棟菸樓。」古進文擺出很驕傲的神氣，一邊說還一邊拍着胸膛。

「喲！太好啦！我一定會考慮。」松英也故作驚喜的樣子，她裝得眞像。古進文正想大笑，餐廳服務小姐已開始爲他們上菜了。

菜很精緻可口，盤子更是光潔華美，松英是能喝酒的，古進文給她滿滿斟了一玻璃杯啤酒。

「看來，賺錢還是重要的。」她感慨的說。

「當然重要，妳看我在拚死拚活，不是就爲要賺錢嗎？」

他們靜靜的互相碰碰杯子，享受了片刻寧靜。有別的客人進來了，是一對夫婦帶着三個孩子，鬧鬧嚷嚷的，像是全家出來遊玩，男的肩掛着照像機，女的還抱着一個孩子，提包裏奶瓶奶粉罐子，一眼可以看得淸淸楚楚。這也是一種都市的生活，在鄉下是看不見的。

「你那園木瓜呢？要直接運來交給商行是麼？」松英輕聲問他。

「我的鐵牛車是不准駛上省公路的，自己不可能運送。要請貨車又必須每次湊滿一臺才合算。恐怕沒有辦法自己銷售。」古進文說：「我剛剛在想，如果我有更多土地就好了。」

「一甲多已經不少了啊。」松英說。

「要一個人放下全部精神力量來經營就太少了。如果我有十幾甲甚至二十甲，可以買一部小貨車專心來做。可惜我沒有。」

「那你有什麼打算呢？」

「再吊高價錢包給莊尾那個水果販子，我想堅持十五萬他會買去，最少也要十四萬五。」

「伯父的意思呢？」松英問。

「我爸爸一向是『得少勝多』，只要有些少贏頭他就高興了，人家出十一萬的時候他就主張要賣。」

「知足常樂啊！」

「問題是木瓜園包租出去後，到九月底割稻子我沒有事可做，時間白白荒廢掉。」古進文很沉重的說：「你媽媽又要說我在家閒蕩了。」

「你的鐵牛車呢？」

「雨季到處是水，也沒地方採砂石呀！」

「你想要走了嗎？」松英吃驚的注視着他。

「近來我不停的在考慮這個問題，也不斷的想起博士，就是傅信博，妳也認識的。他今年工專夜間部要升二年級了。白天他在塑膠公司工作。」

「我前些日子見過他，他充滿了信心。」松英承認的點點頭。

「這個月底他要訂婚了，還約我一同去。』

「你很羨慕他嗎？」

「我回來一年多，該整理的都已整理好了，現在家裏實在並不很急迫地需要我。如果有一個人可以幫助我餵餵猪，日常巡巡田水料理雜務、照顧家庭。博士能做到的，我想給我機會我也可以做得到。」

古進文喝乾酒杯，爲自己和松英再添了酒。他的眼睛發亮，臉上充滿企盼的神色。他的眼光雖然定定的望着松英，但松英感覺到他的眼神是透過她投向了那渺遠的世界，她並不嗔怪他。

「現在我仍靠哥哥每個月送回來的錢幫忙維持家庭。我要自己找一份薪水，連生活還靠別人，豈不笑話？」

「你不想耕田了嗎？」松英幽幽的問。

「做工也有星期天和假日啊！騎摩托車從家裏出來差不多一個鐘頭，我可以天天通勤，很多人也都這樣做。再不行每個禮拜回去三次，一定可以做到。」

「這樣太辛苦啊！」松英不安的反對。

「只要有人幫我日常照顧，農忙的時間不多，我甚至可以請假幾天。兩個老人有人照應，我便沒有後顧之憂了。我可以辦得到。」古進文說：「這樣我就是兼職的農夫，還是可以管理我的田地。」

古進文顯得有點興奮，光顧談話，他們酒菜都吃得很少。他撿了幾樣松英愛吃的菜，放在她的碗中，還逼着她吃下去。餐廳這時人聲吵雜，原來早坐滿了客人了。

「如果妳肯。」古進文傾身向前壓低了聲音在她耳邊說：「妳來接替我的位置，我就是世界上最快樂的人了。」

松英微俯着頭沒有看他，不知道是不是啤酒的作用，古進文注意到她的雙頰升起了兩片紅霞。知道他在注視自己，松英臉上紅霞更濃了，她輕咬着下唇不肯抬頭，那種嫵媚是古進文從來沒有看過的，使他動心不已。他等着，許久許久她才抬頭瞪他。

「討厭！你眞要我親口告訴你嗎？」她氣沖沖的問。

啊！不必要啦！古進文心裏高興得大叫。

餐廳人潮更洶湧了。但是古進文完全不知道還有別人存在。他付過賬握着松英的手往外走去。門外，夏日的炎陽正把它所有的光熱拋向大地。

（六八・十二・自立晚報）

滄海叢刊已刊行書目（四）

書名	作者	類別
清真詞研究	王支洪	中國文學
宋儒風範	董金裕	中國文學
紅樓夢的文學價值	羅盤	中國文學
中國文學鑑賞舉隅	黃慶萱 許家鸞	中國文學
浮士德研究	李辰冬譯	西洋文學
蘇忍尼辛選集	劉安雲譯	西洋文學
文學欣賞的靈魂	劉述先	西洋文學
音樂人生	黃友棣	音樂
音樂與我	趙琴	音樂
爐邊閒話	李抱忱	音樂
琴臺碎語	黃友棣	音樂
音樂隨筆	趙琴	音樂
樂林蓽露	黃友棣	音樂
樂谷鳴泉	黃友棣	音樂
水彩技巧與創作	劉其偉	美術
繪畫隨筆	陳景容	美術
藤竹工	張長傑	美術
都市計劃概論	王紀鯤	建築
建築設計方法	陳政雄	建築
建築基本畫	陳榮美 楊麗黛	建築
中國的建築藝術	張紹載	建築
現代工藝概論	張長傑	雕刻
藤竹工	張長傑	雕刻
戲劇藝術之發展及其原理	趙如琳	戲劇
戲劇編寫法	方寸	戲劇

滄海叢刊已刊行書目（三）

書名	作者	類別
野草詞	章瀚章	文學
現代散文欣賞	鄭明娳	文學
藍天白雲集	梁容若	文學
寫作是藝術	張秀亞	文學
孟武自選文集	薩孟武	文學
歷史圈外	朱桂	文學
小說創作論	羅盤	文學
往日旋律	幼柏	文學
現實的探索	陳銘磻編	文學
金排附	鍾延豪	文學
放鷹	吳錦發	文學
黃巢殺人八百萬	宋澤萊	文學
燈下燈	蕭蕭	文學
陽關千唱	陳煌	文學
種籽	向陽	文學
泥土的香味	彭瑞金	文學
無緣廟	陳艷秋	文學
鄉事	林清玄	文學
韓非子析論	謝雲飛	中國文學
陶淵明評論	李辰冬	中國文學
文學新論	李辰冬	中國文學
離騷九歌九章淺釋	繆天華	中國文學
累廬聲氣集	姜超嶽	中國文學
苕華詞與人間詞話述評	王宗樂	中國文學
杜甫作品繫年	李辰冬	中國文學
元曲六大家	應裕康 王忠林	中國文學
林下生涯	姜超嶽	中國文學
詩經研讀指導	裴普賢	中國文學
莊子及其文學	黃錦鋐	中國文學

滄海叢刊已刊行書目（二）

書名	作者	類別
印度文化十八篇	糜文開	社會
清代科學	劉兆璸	社會
世界局勢與中國文化	錢穆	社會
國家論	薩孟武譯	社會
紅樓夢與中國舊家庭	薩孟武	社會
財經文存	王作榮	經濟
財經時論	楊道淮	經濟
中國歷代政治得失	錢穆	政治
先秦政治思想史	梁啓超原著 賈馥茗標點	政治
憲法論集	林紀東	法律
黃帝	錢穆	歷史
歷史與人物	吳相湘	歷史
歷史與文化論叢	錢穆	歷史
精忠岳飛傳	李安	傳記
弘一大師傳	陳慧劍	傳記
中國歷史精神	錢穆	史學
中國文字學	潘重規	語言
中國聲韻學	潘重規 陳紹棠	語言
文學與音律	謝雲飛	語言
還鄉夢的幻滅	賴景瑚	文學
葫蘆・再見	鄭明娳	文學
大地之歌	大地詩社	文學
青春	葉蟬貞	文學
比較文學的墾拓在臺灣	古添洪 陳慧樺	文學
從比較神話到文學	古添洪 陳慧樺	文學
牧場的情思	張媛媛	文學
萍踪憶語	賴景瑚	文學
讀書與生活	琦君	文學
中西文學關係研究	王潤華	文學
文開隨筆	糜文開	文學
知識之劍	陳鼎環	文學

滄海叢刊已刊行書目(一)

書名	作者	類別
中國學術思想史論叢(一)(二)(三)(四)(五)(六)(七)(八)	錢穆	國學
兩漢經學今古文平議	錢穆	國學
湖上閒思錄	錢穆	哲學
中西兩百位哲學家	鄔昆如 黎建球	哲學
比較哲學與文化	吳森	哲學
比較哲學與文化(二)	吳森	哲學
文化哲學講錄(一)	鄔昆如	哲學
哲學淺論	張康譯	哲學
哲學十大問題	鄔昆如	哲學
老子的哲學	王邦雄	中國哲學
孔學漫談	余家菊	中國哲學
中庸誠的哲學	吳怡	中國哲學
哲學演講錄	吳怡	中國哲學
墨家的哲學方法	鐘友聯	中國哲學
韓非子哲學	王邦雄	中國哲學
墨家哲學	蔡仁厚	中國哲學
希臘哲學趣談	鄔昆如	西洋哲學
中世哲學趣談	鄔昆如	西洋哲學
近代哲學趣談	鄔昆如	西洋哲學
現代哲學趣談	鄔昆如	西洋哲學
佛學研究	周中一	佛學
佛學論著	周中一	佛學
禪話	周中一	佛學
公案禪語	吳怡	佛學
不疑不懼	王洪鈞	教育
文化與教育	錢穆	教育
教育叢談	上官業佑	教育